Winterzauber in Schottland

MILA
SUMMERS

Winterglitzern am Meer

Roman

Deutsche Erstauflage Februar 2024

Lektorat: Dorothea Kenneweg
Korrektorat: SW Korrekturen
Covergestaltung: Nadine Kapp
Covermotiv: Shutterstock ©Andreshkova Nastya, ©Helen Hotson

Impressum: D. Hartung
Frankfurter Str. 22
97082 Würzburg

Kapitel 1

Sarah

»Sarah, bringst du mir einen großen Cappuccino und das Schlemmerfrühstück mit Eiern, Speck, Bohnen und Würstchen?«

Liz gab ihre Bestellung auf, noch während sie mit ihren schweren Stiefeln auf dem Schuhabtreter herumstapfte und sich den dicken grünen Lodenmantel auszog.

»Auch dir einen wunderschönen guten Morgen, liebe Liz. Wie schön, dass du mal wieder im *The Mermaid* vorbeischaust. Das letzte Mal muss noch vor Weihnachten gewesen sein.«

Liz lächelte, während sie ihren Mantel an die Garderobe hängte.

»Viel zu lange her. Du sagst es. Im Januar sitze ich meist zu Hause rum, stricke und lese. Die kriminelle Energie unserer Mitbürger scheint ja sonst in diesem kalten Monat auch eine Pause einzulegen. Doch in diesem Jahr ist alles anders.«

Energisch rieb sie sich die Hände, während sie auf den einzigen noch freien Tisch zuhielt.

Auch an diesem Freitagmorgen war das Café gut besucht.

Matthew und ich führten seit nun gut drei Jahren das typisch kornische Café direkt hier an der Promenade. Als gelernte Konditormeisterin bot ich im *The Mermaid* all die Köstlichkeiten an, die ich auf meinen vielen Reisen rund um den Globus probiert, gesammelt und verfeinert hatte. Neben Churros aus Mexiko standen Vanillekipferl aus Deutschland oder Sfogliatelle aus Italien auf der täglich wechselnden Karte.

Bei dem Gedanken an unsere Reisen warf ich einen Blick zu Matthew an die Theke. Mein Freund war der Barista in unserem kleinen Laden. Anfangs hatte er sich ebenso sehr wie ich für unser neues Projekt begeistert. Wir hatten so viel Spaß gehabt, die Wände im Gastraum mit Erinnerungen an all die Orte zu pflastern, die wir bereist hatten. Er hatte viel getüftelt, um die Deko zusammenzustellen. Das besondere Highlight war die Meerjungfrau, die dem Café seinen Namen gab. Ich hatte die halb verrottete Galionsfigur auf einem Flohmarkt am Hafen von Port Isaac entdeckt, und er hatte sie restauriert und über dem Tresen angebracht.

Ich hatte geglaubt, dass es auch Mathew wichtiger geworden wäre, endlich an einem Ort anzukommen und dauerhaft zu bleiben. Doch seit einiger Zeit machte er immer wieder Andeutungen, wieder für längere Zeit verreisen zu wollen. Wie er sich das mit dem Café vorstellte, blieb mir ein Rätsel. Schließlich konnten wir unsere einzige Einnahmequelle nicht länger als für wenige Tage schließen. Alles andere würde unseren guten Ruf, alles, wofür wir in den letzten drei Jahren so hart gearbeitet hatten, zunichtemachen.

Das knarzende Geräusch, das der Stuhl machte, den Liz über den Boden zog, riss mich aus meinen Gedanken.

»Wie meinst du das? Wieso ist *in diesem Jahr alles anders*?«, hakte ich nach, während am Nachbartisch um die Rechnung gebeten wurde.

Liz bedeutete mir, neben ihr auf dem freien Stuhl Platz zu nehmen, und beugte sich, nachdem ich ihrer Aufforderung gefolgt war, zu mir herüber.

»Es gab einen Banküberfall in St. Ives. Heute Morgen«, flüsterte sie.

Bei ihren Worten spürte ich regelrecht, wie mir die Kinnlade herunterklappte.

»Bist du dir sicher?«

Die Vorstellung, in unserem kleinen, beschaulichen Küstenörtchen in Cornwall könnte ein dreister Bankräuber die einzig vorhandene Bank überfallen haben, war so abwegig, dass ich noch mal nachfragen musste.

»Aber natürlich bin ich mir sicher. Nur, weil ich alt bin und allein lebe, heißt das noch lange nicht, dass ich mir solche Geschichten ausdenken würde, um meinen Tag zu füllen.«

Liz wirkte beleidigt.

»Das wollte ich damit nicht sagen, Liz. Ehrlich! Ich glaube dir natürlich. Für mich passt so ein schweres Verbrechen allerdings überhaupt nicht nach St. Ives. Weißt du denn schon Genaueres? Wurde der Täter geschnappt? Wie viel hat er erbeutet?«

Liz lächelte milde.

»Langsam, langsam. Immer mit der Ruhe. Ich muss mich erst mal sammeln. Und vor allem brauche ich jetzt ein stärkendes Frühstück.«

Ich verstand den Wink mit dem Zaunpfahl.

»Kommt sofort!« Prompt erhob ich mich von meinem Platz.

Am Nachbartisch kassierte ich noch schnell ab, ehe ich zu Matthew an die Theke eilte, um Liz' Bestellung in die Küche zu geben.

Für die Kuchen und Törtchen im Haus war ich zuständig. Matthew kümmerte sich um alles, was mit Kaffee zu tun hatte, und um die anderen Getränke. In der Küche hatte ich zwei Kräfte, die rüstige Rentnerin Matilda und die Studentin Fiona, die das Frühstück zubereiteten. Das hatten Matthew und ich schlichtweg nicht mehr allein geschafft.

»Alles okay bei dir? Du siehst aus, als hättest du einen Geist gesehen«, fragte mich Matthew, während er Liz' Cappuccino aufbrühte.

»Es wurde eingebrochen.«

Matthew machte große Augen.

»Wo? Hier in St. Ives?«, hakte er nach.

Ich nickte.

»Ja, ein Banküberfall.«

Matthews Augen zogen sich zu schmalen Schlitzen zusammen.

»Also kein Einbruch, sondern ein Überfall?«, stellte er richtig.

Ich schüttelte den Kopf und nickte dann.

»Genau. Entschuldige! So ein Vergehen in unserem beschaulichen kornischen Küstenort wühlt mich regelrecht auf.«

Matthew kam zu mir und nahm mich in die Arme.

»Noch ein Grund mehr, endlich die Sachen zusammenzupacken und für eine Weile von hier zu verschwinden. Findest du nicht auch?«

Matthew strich mir vorsichtig durchs Haar und küsste mich auf die Schläfe.

Es war schon einige Zeit her, dass er so zärtlich mit mir war. Aber das lag an der vielen Arbeit und der wenigen Freizeit. Matthew hatte recht. Wir sollten uns mal wieder eine Auszeit gönnen. Die letzte Reise war viel zu lange her. Nur stellte sich die Frage, wie wir das bewerkstelligen sollten. Das Café einfach wochenlang zu schließen, war keine Option. Und eine Vertretung zu bestimmen, war mehr als schwierig. Durchgehend gleichbleibend gute Qualität war wichtig. Wenn diese nicht dauerhaft gewährleistet war, brauchten wir nach unserem Urlaub gar nicht mehr nach Cornwall zurückzukehren.

Aber deshalb überhaupt nicht mehr verreisen?

»Lass uns heute Abend in Ruhe darüber sprechen«, schlug ich vor.

Matthew zog seine Hand zurück, als hätte er sich an mir verbrannt.

»Wie du meinst.«

Dann ging er zurück zu dem riesigen Ungetüm von Kaffeevollautomaten und kümmerte sich um Liz' Cappuccino. Sein Rücken war mir zugewandt. Er brauchte mir gar nicht zu sagen, wie sehr ihn meine Antwort verstimmte.

Wenn es nach Matthew gegangen wäre, hätten wir bereits alle Zelte abgebaut und uns auf den Weg gemacht, um einen neuen Ort auf der Welt zu erkunden. Einen wärmeren. Die kalten, nebligen und verregneten Tage hier an der Küste empfand Matthew als reinste Provokation. Als wollte das Wetter ihn mit aller Wucht wegwehen.

Natürlich konnte ich Matthew verstehen. Wir hatten uns vor ziemlich genau sieben Jahren auf einer kleinen thailändischen Insel mitten im Nirgendwo kennengelernt. Das Erste, was mir Matthew von sich offenbart hatte, war sein Wunsch, nie sesshaft zu werden. Für ihn war das Reisen nicht nur ein Lifestyle, sondern seine ganz persönliche Lebenseinstellung. Er reiste, um zu sein.

Seine Lebensweise war auch sehr lange die meine gewesen. Ich liebte es, die Welt zu erkunden, neue Rezepte zu entdecken und sie in mein Repertoire aufzunehmen. Neue Ideen und Einflüsse beflügelten meine Schaffenskraft seit der ersten Stunde, und doch … Und doch war ich mittlerweile an einem Punkt in meinem Leben angelangt, an dem ich das Nomadendasein hinter mir lassen, an einem Ort Wurzeln schlagen und mit Matthew eine Familie gründen wollte.

»Hier ist Liz' Cappuccino.«

Matthew überreichte mir die Tasse. Aus der Küche war ein Glöckchen zu hören. Das war sicher das Schlemmerfrühstück für Liz.

Dankbar für die Möglichkeit, mich der Situation zu entziehen, nahm ich sowohl die Platte aus der Küche als auch die Tasse, die Matthew mir überreicht hatte, und eilte zu Liz. Neugierig ließ ich mich neben ihr auf dem Stuhl nieder, während ich meinen prüfenden Blick durch das Café gleiten ließ.

Liz stürzte sich wie eine Verhungernde auf ihr Frühstück. Währenddessen sprach sie nicht, und ich stellte ihr keine Fragen, sondern übte mich in Geduld. Was mir, offen gesagt, nicht sonderlich leichtfiel. Dennoch wartete ich, bis sie auch den letzten Bissen ihres Frühstücks mit einem ordentlichen Schluck Cappuccino hinuntergespült hatte.

»So, bevor du noch vor Neugierde platzt, will ich ein paar der Informationen offenlegen, die ich über den Fall erlangt habe. Streng vertraulich. Das versteht sich.«

Liz schob ihren Teller von sich, machte ein ernstes Gesicht und schlug einen verschwörerischen Flüsterton an. Der war so leise, dass ich mich ein ganzes Stück zu ihr hinüberbeugen musste, um sie zu verstehen.

»Laura hat heute Morgen, wie jeden Morgen, die Bank um zwei Minuten vor acht geöffnet. In der Vergangenheit gab es wohl schon das ein oder andere Problem, wenn die Bank erst später oder gar um acht Uhr noch nicht geöffnet war. Deshalb hat Laura sich irgendwann angewöhnt, vor der Zeit da zu sein.«

Ich merkte schon: Das würde ein langer und sehr ausführlicher Bericht werden. Wenn ich die Hoffnung hatte, Liz würde in diesem speziellen Fall nur ein einziges Mal schnell auf den Punkt kommen, wusste ich es spätestens jetzt besser. Aber ich ließ ihr die kleine Freude. Schließlich brannte die alte Dame für diese kleinen und großen Kriminalfälle in St. Ives. Ihre Lebensgeister erwachten, sobald wieder ein mysteriöser Vorfall Rätsel aufgab. Nur war es in der Vergangenheit nie zu einem echten Verbrechen gekommen, was meine Geduld auf eine harte Probe stellte.

»Das klingt vernünftig«, warf ich ein, um Liz zu signalisieren, dass ich ganz Ohr war.

»Laura war also gerade zurück an ihrem Schreibtisch, wollte den Schlüssel in ihre Tasche geben, und da ist es passiert.«

Liz legte eine lange Pause ein, um ihre Worte bei mir nachwirken zu lassen.

»Was ist passiert?«, fragte ich, während ich unruhig auf meinem Stuhl hin und her rutschte.

»Die Tür ging auf. Noch vor acht. Ein hochgewachsener Mann trat ein. Eine schwarze Skimaske überm Gesicht. In der Hand hielt er etwas, das nach einem alten Revolver aussah. Der Täter hat damit vor Laura herumgewedelt und ihr zu verstehen gegeben, dass sie das Geld aus dem Safe holen sollte. Er nahm genau zehntausend Pfund. Den Rest ließ er zurück. Dann ging er wieder. Laura ist zum Glück einigermaßen cool geblieben und hat gleich die Polizei gerufen.«

»Ein Bankräuber, der nur eine gewisse Summe stiehlt und den Rest zurücklässt? Das habe ich noch nie gehört. Warum hat er das wohl getan?«

Liz zuckte mit den Schultern.

»Das gilt es herauszufinden. Und natürlich, wer den Überfall begangen hat. Bislang tappt die Polizei vollkommen im Dunkeln. Wie immer, wenn man so will. Die Aufzeichnung der Videoüberwachung startet erst um fünf Minuten nach acht. Warum auch immer. Hätten die sich doch mal ein Beispiel an Laura genommen. Aber so sieht man darauf nur noch die Hinteransicht des Bankräubers.«

Liz blühte bei jedem weiteren Satz regelrecht auf. Ich konnte spüren, wie sehr sie das Detektivfieber erfasst hatte. Zum Glück! Auch wenn ich Mitleid mit Laura hatte. Das musste heute Morgen sicher ein gewaltiger Schock für sie gewesen sein.

Liz war in den letzten Monaten beinahe ein wenig lethargisch gewesen. Emma, Ailla, Rose und ich hatten uns schon Sorgen um die alte Dame gemacht. Sobald Liz aufgebrochen war, um sich den Kriminellen zu schnappen, würde ich den anderen eine Nachricht über unseren Gruppenchat auf WhatsApp schicken, um sie über die aktuellen Begebenheiten zu informieren. Selbstverständlich nur unter dem Deckmantel der Verschwiegenheit. Aber wie ich Liz kannte, würde sie den dreien ebenfalls von dem Banküberfall berichten. Schließlich liebte sie es, diese Geschichten zu erzählen. Ich würde den drei Mädels schreiben, dass sie bei Liz' Auftauchen maximal überrascht wirken mussten.

»Wie gehst du nun vor? Was ist der Plan?«

Liz schmunzelte, dann erhob sie sich von ihrem Platz, nachdem sie eine Zwanzig-Pfund-Note auf den Tisch geworfen hatte.

»Ich werde Augen und Ohren offenhalten und mich in Ruhe umsehen. Mein Gefühl sagt mir, dass es sich bei dem Täter um jemanden mit einem Gewissen handelt, der womöglich in eine schwierige Situation geraten ist. Man weiß ja, wie schnell es dazu kommen kann. Hier ein Kredit, da eine Bestellung beim Teleshopping zu viel, und schon ist man ein halbes Vermögen los. Mitunter summiert sich das gut und gerne auf zehntausend Pfund.«

Dann zwinkerte sie mir verschwörerisch zu, ehe sie sich ihren Lodenmantel von der Garderobe schnappte und mich im *The Mermaid* zurückließ.

Ich drehte mich zu Mathew, um ihm die Neuigkeiten zu berichten. Aber als mein Blick den seinen traf, wusste ich, dass seine schlechte Laune sich nicht gebessert hatte. Er würde nicht lockerlassen, bis wir endlich von hier weggingen. Ich seufzte. Früher hatte er mich mit seiner Begeisterungsfähigkeit und seinem

Lausbubencharme jederzeit aufmuntern können. Jetzt wurde er von Tag zu Tag mürrischer. Wann hatte er mich eigentlich das letzte Mal zum Lachen gebracht? Stattdessen hatte ich in letzter Zeit mehrere schroffe Bemerkungen einstecken müssen, die mich verletzt hatten. Es war höchste Zeit für eine Aussprache. Ich nahm Bestellungen entgegen und kassierte ab, während ich mich fragte, ob ich mit der nötigen finanziellen Sicherheit bereitwilliger alles hinter mir lassen würde, um mich in neue Abenteuer zu stürzen. Ich kannte die Antwort. Und es graute mir davor. Denn Matthew würde sie nicht gutheißen.

Kapitel 2

Matthew

»Du sollst mich doch nicht bei der Arbeit anrufen«, zischte ich in den Hörer und blickte mich dabei zu allen Seiten hin um.

Sarah war nach wie vor in das Gespräch mit einem unserer Stammgäste vertieft. Das war auch der einzige Grund, warum ich das Telefonat auf meinem Handy angenommen hatte.

Ich ließ den Blick nicht von ihr und spürte, wie meine Kiefer mechanisch zu mahlen begannen. Ich wusste, dass das, was ich hier tat, nicht richtig war. Dennoch erschien es mir fast so, als wäre es der einzige Weg. Aber zu welchem Preis?

»Matthew, ich warte jetzt schon eine ganze Weile darauf, dass du mir Antworten lieferst. Ich erinnere mich sogar noch dunkel daran, wie du mir zugesichert hast, dass diese Angelegenheit ganz schnell vom Tisch sein würde. Nun sind bereits zwei Monate vergangen, und ich wollte gerne nachfragen, wie du ›schnell‹ definierst.«

Flynn Roberts ließ sich nicht gerne hinhalten. Das hatte ich schon bei unserem ersten Treffen festgestellt. Ohnehin war mir der Mann weder sympathisch noch hegte ich den Wunsch, in naher Zukunft öfter mit ihm in Kontakt zu treten.

Dummerweise hatten sich die Umstände jedoch gegen mich gewandt. Wer konnte denn auch ahnen, dass Sarah ihr Herz ausgerechnet an diesen mickrigen Mückenschiss von Fischerdorf in Cornwall verlieren würde?

Ohnehin war sie seit einiger Zeit so verändert.

Früher hatten wir permanent Reisepläne geschmiedet, hatten uns erst an ferne Orte geträumt, und kaum war das Geld dafür zusammengespart, hatten wir uns auch schon auf den Weg gemacht. Wir waren frei und unbekümmert gewesen, hatten am Strand auf Bali übernachtet und waren nur mit Rucksäcken durch Südostasien gereist. Was war nun anders? Warum konnte Sarah sich plötzlich nicht mehr vorstellen, dieses Leben mit mir fortzuführen? Was hatte sich verändert?

»Ich bin dran.«

Ein Lachen war in der Leitung zu hören. Offenbar glaubte mir Flynn kein Wort.

»Pass auf, ich gebe dir noch genau eine Woche. Solltest du mir bis dahin keine Zusage garantieren, werde ich mich anderweitig nach Unterstützung umsehen. Meine Geduld ist am Ende. Du kannst dich glücklich schätzen, dass ich mich so lange von dir habe hinhalten lassen.«

Seufzend dachte ich an den Moment zurück, als ich es für eine gute Idee gehalten hatte, für eine Weile hier mit ihr das Café zu führen. Nein, ich war sogar der Überzeugung gewesen, dass Sarah und ich wieder richtig glücklich miteinander werden würden, sobald das gemeinsame Projekt uns verband. Wir würden das Café renovieren und es dann, wenn es gut lief, gewinnbringend verkaufen. Aber in dem letzten Punkt hatte ich mich gewaltig getäuscht.

Sarah und ich zogen schon seit einiger Zeit nicht mehr an demselben Strang. Vielmehr schien es so, als würde sie sich immer stärker in die andere Richtung wenden. Das hier war zu Ende, auch wenn es noch keiner von uns hatte offen aussprechen wollen.

Jetzt galt es, einen Schlussstrich zu ziehen und dabei den größtmöglichen Profit aus der Sache zu schlagen. Es musste mir einfach gelingen, Sarah von dem Deal zu überzeugen. Auch wenn ich genau wusste, was sie davon hielt.

Vielleicht war es an der Zeit, andere Saiten aufzuziehen. Schließlich steckte in dem Café auch meine Arbeit, und einen Teil des Kapitals hatte ich ebenfalls beigesteuert. Sarah konnte nicht für uns beide entscheiden. Ich war ein freier Mensch. Wenn sie unseren gemeinsamen Weg nicht mehr mit mir gehen wollte, dann war es ihre Entscheidung. Aber sie konnte mich nicht zwingen, auf ewig in diesem Kaff festzusitzen.

»Geht klar. Ich kümmere mich darum.«

Damit beendete ich das Gespräch, als Sarah den Augenkontakt zu mir suchte und zu mir kam.

»Alles okay?«

Ihr Blick wirkte besorgt.

Für gewöhnlich nahmen wir während unserer Schichten im Café keine privaten Gespräche entgegen. Lieferanten, Dienstleister und Kunden riefen auf dem Festnetzanschluss an.

»Ja, alles bestens. Ich müsste nur mal für eine Stunde verschwinden.«

Sarahs Augenbrauen schoben sich wie Gewitterwolken zusammen. Ich konnte den Knall bereits hören, noch bevor er ertönte.

»Was hast du denn vor?«

In ihrer Stimme schwang Misstrauen mit.

»Ich habe einen Arzttermin vergessen. Du weißt doch … Meine Entzündungswerte im Blut waren zu hoch. Der Doc wollte sich die noch mal ansehen.«

Die Gewitterwolken verschwanden sogleich. Nun riss Sarah ihre Augen so weit auf, dass mir die Sorge darin regelrecht entgegensprang.

»Das wusste ich ja gar nicht. Gibt es Grund zur Beunruhigung?«

Schon tat es mir leid, sie so zu ängstigen.

Aber ich musste jetzt hier raus. Auf der Stelle. Mir fiel das Atmen in der für mich so beklemmenden Atmosphäre immer schwerer. Ich brauchte mehr Raum, endlich wieder neue Eindrücke und nur eine Stunde mit Amy, die mich den ganzen Zirkus hier vergessen ließ.

Wenn Sarah nicht mitkommen wollte, dann würde ich eben Amy fragen. Sie hatte ohnehin bereits mehrfach angedeutet, dringend von hier verschwinden zu wollen. Sie war jung und ziemlich sexy. Vielleicht war es an der Zeit für was Neues.

»Nein, mach dir keinen Kopf.«

Auf Sarahs Lippen war ein Lächeln zu erkennen.

Wie sehr ich mich früher darüber gefreut hatte, wenn sie es mir geschenkt hatte! Aber heute erinnerte es mich nur noch schmerzvoll daran, was ich alles verloren hatte. Ein Lächeln wog nicht meine Freiheit auf. Und die ließ ich mir von niemandem nehmen.

Kapitel 3

Sarah

Das klärende Gespräch, das ich vor ein paar Tagen am Abend hatte führen wollen, war recht schnell ins Gegenteil umgeschlagen. Anstatt Missverständnisse auszuräumen, hatten sich gegenseitige Vorwürfe aufgetürmt. Wenn ich gehofft hatte, Matthew würde sich erweichen lassen, und wir würden uns wie früher nach einer Versöhnung in den Armen liegen und neue Pläne für die Zukunft schmieden, dann hatte ich mich getäuscht. Unsere Vorstellungen gingen inzwischen meilenweit auseinander. Die Fronten waren verhärtet. Seither sprachen Matthew und ich nur das Nötigste miteinander, gaben uns im Café wie Profis und gingen uns oben in der Wohnung, die sich über dem Café befand, mehr oder minder aus dem Weg.

Während ich bei Matthew das Gefühl hatte, er hätte seine Entscheidung längst gefällt, haderte ich inzwischen mit mir. Sollte ich unsere langjährige Beziehung wirklich für ein Café in St. Ives aufs Spiel setzen? Ich konnte überall auf der Welt ein Café eröffnen. In Neuseeland, New York, Rio de Janeiro oder auf einer Insel in Südostasien.

Matthew und ich, wir waren jung und ungebunden. Und wir liebten uns doch.

»Hey, Sarah, hast du es schon gehört?«

»Gibt es was Neues zu dem Banküberfall?«

Emma nickte. Sie hatte in der Buchhandlung das »Bin gleich wieder da«-Schild an die Tür gehängt, um bei mir im Café einen kleinen Plausch zu halten.

»Kann ich bitte noch eine Pumpkin Spice Latte bestellen?«, fragte eine junge Frau Anfang zwanzig und wandte sich dann wieder ihrem Freund zu.

Die beiden hielten Händchen, seit sie hier zur Tür hereingekommen waren. So verliebt waren Matthew und ich auch mal gewesen. Zwar hatten wir nicht ständig Händchen halten müssen, aber wir hatten zusammen viel gelacht. Seine Unbeschwertheit war wie ein frischer Wind für mich gewesen, und wir wussten auch so, dass wir füreinander bestimmt waren.

Was hatte sich verändert? Warum hatte ich nicht mehr diesen übermächtigen Drang, alles stehen und liegen zu lassen und mit dem Mann an meiner Seite neue Länder zu erkunden?

»Liz hat mit Laura die Begebenheiten noch mal nachgespielt, um sich ein genaueres Bild der Lage zu verschaffen. Ist wohl ein erprobtes Mittel, so unter Detektiven«, erklärte meine Freundin und gesellte sich dabei zu mir an die Kaffeemaschine.

Emmas sanfte blaue Augen ruhten auf mir, während sie ihre langen braunen Haare zu einem Zopf zusammenfasste.

»Liz macht definitiv keine halben Sachen«, befand ich und zauberte dabei die Pumpkin Spice Latte.

»Ganz im Gegensatz zu dir. Wollten wir uns nicht schon vor einer Ewigkeit alle mal wieder zusammenfinden und einen schönen Abend gemeinsam verbringen? Matthew wird doch sicher mal einen Abend ohne dich auskommen. Oder?«

»Das liegt nicht an Matthew. Momentan ist so viel los. Und ich muss ja sehr früh am Morgen in die Backstube, damit die Brötchen und das Gebäck zur Öffnungszeit fertig sind.«

Während ich das Heißgetränk an den Tisch brachte, an dem das verliebte Pärchen saß, meldeten sich noch zwei Jungs, die gerne zahlen wollten. Die Tür ging auf und wehte Rose herein.

»Was für ein schrecklich kalter Wind fegt da heute nur um die Häuser? Das Heulen hört sich nach einem ganzen Rudel Wölfe an. Hast du mal eine heiße Schokolade für mich, Sarah? Ich muss mich dringend aufwärmen.«

»Aber selbstverständlich. Emma, was kann ich dir denn Gutes tun?«

Jetzt erst bemerkte ich, dass ich ihr noch nicht mal etwas angeboten hatte. Daran spürte ich ganz deutlich, wie sehr mich der Unfrieden mit Matthew aus der Bahn warf.

Generell war ich kein Mensch, der gerne im Clinch mit jemandem lag. Ich mochte es am liebsten, wenn sich alle gut verstanden und alles schön im Gleichgewicht war. Hatte sicher etwas mit meinem Horoskop zu tun. Waage. Ich brauchte es ausgeglichen und friedlich.

Und Matthew wusste das. Er wusste es ganz genau.

»Ich nehme auch eine heiße Schokolade, wenn es dir keine Umstände bereitet«, erklärte Emma fast ein wenig schüchtern.

»Was ist mit Ailla? Kommt sie auch noch?«, fragte ich eher scherzhaft.

In den vergangenen Wochen hatten wir es immer wieder versucht, uns gemeinsam zu treffen. Doch ständig war eine von uns verhindert gewesen, sodass wir den Termin verschieben mussten. Und nun waren wir spontan fast alle beieinander.

»Nein, sie kann leider nicht. Jory und Ailla haben heute Nachmittag alle Hände voll zu tun. Im *Heavensplace* findet eine Winterhochzeit statt. Ein Pärchen aus London fand es wohl besonders schick, im Januar in St. Ives zu heiraten. Ailla hat ihren Tea Room seit Tagen auf das Event vorbereitet. Ich kann nur hoffen, dass sie sich nicht übernommen hat.«

Emma nahm einen ersten zaghaften Schluck aus ihrer Tasse, während sich Gäste verabschiedeten und sich wieder neue im *The Mermaid* einfanden.

»Stimmt. Ailla hat mir davon erzählt. Ich hatte nur das genaue Datum nicht im Kopf. Das ist alles«, beeilte ich mich zu sagen.

Die Antennen der Mädels waren für gewöhnlich ziemlich fein eingestellt. Wenn ich nicht aufpasste, würden sie mich jeden Moment fragen, ob etwas nicht in Ordnung sei. Und dann würde ich mit sehr großer Wahrscheinlichkeit einfach zu weinen beginnen, weil sich die Befürchtungen, was die Beziehung zu Matthew betraf, und generell die Sorge um die Zukunft Bahn brechen würden.

»Eine Winterhochzeit kann sehr schön sein«, schwärmte Rose ganz verzückt.

Sicher machte sie sich gerade im Hinterkopf ein paar Randnotizen für ihren neuen Liebesroman, während ich nun schwer an mich halten musste, nicht doch plötzlich loszuheulen.

Denn von einer Hochzeit – ob Winter oder Sommer – konnte ich im Moment nicht weiter entfernt sein. Es würde mich nicht wundern, wenn Matthew gerade dabei war, seine Reisepläne zu schmieden, Tickets zu buchen und seine Koffer zu packen. Am Ende würde ich vermutlich einen Zettel auf dem Küchentisch vorfinden, auf dem er mir versichern würde, dass es so besser wäre.

Schwerfällig schluckte ich bei diesem Gedanken gegen den Kloß in meiner Kehle an, der sich dort gebildet hatte.

»Ich hoffe nur, Ailla und Jory haben genug Hilfe«, warf ich ein und versuchte dabei, nicht länger an Matthew und mich zu denken.

»Sag mal, irgendwas stimmt doch nicht.«

Emma sah mich prüfend an. Auf ihrer Stirn hatte sich eine leichte Furche gebildet. Nicht besonders tief, aber ich konnte sie gut erkennen.

Plötzlich wurde die Geräuschkulisse im Café übermächtig. Es wurde gelacht, geredet und wild gestikuliert. In meinen Ohren war nur noch ein Rauschen zu hören. Mir wurde übel.

»Ich weiß nicht, was du meinst. Es ist alles in bester Ordnung«, log ich.

Es klang beinahe überzeugend, nur schaffte ich es nicht, Emma dabei in die Augen zu schauen. Sie hätte meine Lüge gleich bemerkt.

»Wo ist Matthew denn heute?«, fragte Rose, die offenbar Witterung aufgenommen hatte.

Wie hatte ich nur glauben können, den beiden etwas vormachen zu können?

»Er wollte noch mal zum Arzt.«

Dabei war er dort doch erst vor ein paar Tagen gewesen.

»Etwas Ernstes?«, hakte Emma nach.

»Nein, nicht, soweit ich weiß«, beeilte ich mich zu sagen.

»Sarah, wir kennen uns jetzt alle schon eine ganze Weile. Willst du uns denn nicht verraten, was wirklich los ist?«

Rose redete nie besonders lange um den heißen Brei herum.

Ich spürte, wie meine Dämme nach und nach brachen. Was immer auch passierte, ich durfte auf gar keinen Fall anfangen zu weinen. Dann würden sich die Mädels schreckliche Sorgen um mich machen. Dabei wusste ich noch gar nicht mit Sicherheit, ob Matthew wirklich im Begriff war, mich zu verlassen. Vielleicht würden wir ja doch noch einen Weg finden, zusammen glücklich zu sein. Ohne dass einer von uns leiden musste.

»Matthew. Er will weg aus St. Ives.«

Rose und Emma tauschten vielsagende Blicke.

»Was ist mit dir? Was möchtest du?«

Bei Emmas Frage seufzte ich laut.

»Ich … weiß es nicht. Das heißt, ich weiß es schon. Ich möchte nicht weg. Ich fühle mich hier bei euch sehr wohl, liebe mein kleines Café, das so perfekt liegt, hier, direkt an der Promenade, das Meeresrauschen und die Spaziergänge am Strand. Sogar im Winter. Aber Matthew …«

Nun passierte es doch, die ersten Tränen kullerten mir über die Wangen.

Rose und Emma eilten prompt zu mir, um mich zu trösten. Sie nahmen mich in den Arm und strichen mir über den Rücken, redeten mir gut zu.

Es war schon eine ganze Weile her, dass ich mich so geborgen gefühlt hatte. Unterschwellig hatte ich schon länger gespürt, dass Matthew nicht mehr glücklich war. Aber dennoch wollte ich die Hoffnung nicht aufgeben. Wir liebten uns doch. Oder?

»Dann steht es also fest, dass Matthew von hier weggeht? Dauerhaft? Oder nur für eine längere Reise?«

Fragen über Fragen, auf die ich selbst noch keine Antwort hatte.

Also zuckte ich demonstrativ mit den Schultern und hoffte, damit wäre alles gesagt. Zumindest für den Moment.

Rose und Emma nahmen mich abermals ganz fest in den Arm, ehe die Tür aufgerissen wurde und Liz laut scheppernd in das Café marschierte.

»Kinder, Kinder, was für ein Wetter. Der Sturm war ja ganz nett. Eine kleine Erfrischung für zwischendurch. Aber was ist das bitte für ein komischer Regen, der einem direkt ins Gesicht peitscht? Vollkommen unnötig, wenn ihr mich fragt. Schließlich habe ich heute bereits geduscht.«

Ohne unsere Antwort abzuwarten, setzte Liz sich auf den Barhocker und bestellte einen Kaffee. Schwarz.

»Was machen die Ermittlungen, Liz?«, fragte Rose.

Seit Liz wie ein Wirbelwind zur Tür hereingeweht worden war, lag der Fokus nicht länger auf mir, wofür ich sehr froh war.

Auch wenn ich dankbar für die Unterstützung meiner Freundinnen war, wusste ich doch nur zu genau, dass ich mich der Situation mit Matthew allein stellen musste. Und dass diese Konfrontation nicht besonders schön werden würde. Aber wir mussten ehrlich zueinander sein. Das waren wir uns schuldig.

»Ach, das Übliche. Sie laufen eher schleppend an. Aber ich bin zäh, und im Fernsehprogramm gibt's ohnehin nichts Besseres. Nur Wiederholungen. Außerdem hat es sich dieser Bankräuber mit mir persönlich verscherzt. Laura zittert noch immer wie Espenlaub, sobald die Tür der Bank nur einen Spaltbreit geöffnet wird. Das ist kein Dauerzustand, sag ich euch. Ich muss ihr helfen. Und in diesem ganz besonderen Fall bedeutet das, dass ich den Übeltäter finden muss.«

Liz bekräftigte ihre Worte mit einem heftigen Nicken.

So entschlossen hatte ich sie schon lange nicht mehr gesehen.

Ich konnte nur hoffen, dass ein Banküberfall nicht eine Nummer zu groß für sie war. Was, wenn es sich bei dem Mann nicht um einen Einzeltäter handelte? Was, wenn er mit einer Gruppe zusammenarbeitete, die gerade in diesem Moment dabei war, nicht weit von hier die nächste Bank zu überfallen? Der Gedanke war schrecklich.

»Weiß man denn schon etwas über den Täter? War er allein?«, fragte Emma.

Liz schüttelte den Kopf.

»Bislang gibt es noch keine detaillierten Hinweise, die uns in der Angelegenheit weiterhelfen könnten. Margareth will eine vermummte Person gesehen haben, die sich schnell von der Bank wegbewegt hat. Laut ihrer Aussage soll er muskulös und äußerst attraktiv gewesen sein. Wenn ihr mich fragt, ist die Frau von unserem Herrn Pfarrer etwas zu schwärmerisch veranlagt. Die Gute verwechselt gern mal Fiktion und Realität. Hat Margareth womöglich erst vor Kurzem einen neuen Roman bei dir gekauft, Emma?«

Emma dachte einen Moment nach.

»Ich glaube, sie war vor zwei Tagen bei mir.«

»Ha!«, rief Liz triumphierend aus, ehe sie einen großen Schluck aus ihrer Tasse nahm.

»Margareth lebt oftmals in ihrer eigenen Welt. Aber wer könnte es ihr verdenken mit einem Pfarrer als Ehemann?«

Liz lachte.

»Habt ihr eigentlich schon das Neueste gehört?«

Emma, Rose und ich machten große Ohren und hingen wie gebannt an Liz' Lippen.

»Nein. Gab es etwa noch einen Überfall?«, fragte ich besorgt.

Die Tageseinnahmen in meinem Café fielen mitunter recht hoch aus. Manchmal schaffte ich es am Abend nicht mehr rechtzeitig zur Bank, sodass ein potenzieller Täter bei einem Raubüberfall auf das *The Mermaid* gute Karten hätte.

Doch Liz winkte ab.

»Nein, bisher wurde nur die Bank ausgeraubt. Wobei man nie wissen kann. Noch habe ich mir kein Bild zu dem Täter gemacht. Ich meine, warum wagt man einen derartigen Überfall und nimmt dann nur zehntausend Pfund mit, wenn man doch die Möglichkeit hätte, viel mehr abzustauben? Bisher kann ich mir darauf keinen Reim machen, aber das wird sicher noch. Bis dahin muss ich euch eine andere brandheiße Neuigkeit erzählen.« Wieder machte sie eine ihrer nervenzermürbenden Pausen, um uns noch weiter auf die Folter zu spannen. »Jago ist zurück. Dem Namen nach ein Geschenk Gottes. Wenn ihr mich fragt, hat er in der Vergangenheit das ein oder andere Mädchenherz in St. Ives zu viel gebrochen. Also hört auf meinen guten Rat und haltet euch von dem Kerl fern!«

Rose verdrehte die Augen.

»Wir sind alle glücklich vergeben, Liz. Um uns musst du dir keine Sorgen machen. Schon gar nicht wegen eines dahergelaufenen Schönlings. Hab ich recht, Mädels?«

Rose wandte sich zu uns um.

»So ist es«, pflichtete ich ihr eine Spur zu schreckhaft bei.

Nicht, weil ich Interesse für diesen Jago zeigen wollte. Vielmehr lag es daran, dass ich schlichtweg nicht wusste, wie mein aktueller Beziehungsstatus zu betiteln war. Eins stand jedoch außer Frage: glücklich war er nicht.

»Im *Sloop Inn* gab es in der Vergangenheit wegen ihm so manche Schlägerei. Toby hatte oft alle Hände voll zu tun, die Streitereien zu schlichten, wenn die Gockel in seinem Pub aufeinander losgingen. Jago hat nie etwas anbrennen lassen und sich nicht sonderlich darum gekümmert, wenn dabei Beziehungen in die Brüche gegangen sind. Ein Typ, um den wir alle einen großen Bogen machen sollten, wenn ihr mich fragt. Dieser Jago macht nur Ärger.«

Emma klang so entschieden, dass ich versucht war, sie zu fragen, ob sie selbst schon Erfahrungen mit diesem Kerl gemacht hatte. Doch ich wollte Emma nicht in Verlegenheit bringen.

Außerdem sollte derjenige, der im Glashaus saß, nicht wahllos mit Steinen um sich werfen.

Kapitel 4

Matthew

»Wann sagst du es ihr endlich?«

Gleich nachdem ich Amy davon erzählt hatte, dass ich aus St. Ives weggehen würde und sie mich begleiten dürfte, wenn sie wollte, bereute ich meinen Entschluss auch schon wieder.

Die Kleine war eine nette Abwechslung und versüßte mir die Tage hier in der kornischen Abgeschiedenheit, während ich darauf wartete, meinen Deal endlich abzuschließen. Mehr aber auch nicht. Schon gar nicht konnte ich mir vorstellen, mit ihr länger als für wenige Stunden zusammen zu sein. Dafür war Amy einfach viel zu anstrengend.

»Ich halte es nicht mehr aus, Matthew. Die Leute sind so spießig und langweilig. Nie passiert etwas. Wenn ich hier noch länger versauern muss, dann werde ich vielleicht eines Tages wie sie. Das darf auf keinen Fall passieren. Ich meine, stell dir das mal vor! Für dieses Leben bin ich nicht gemacht. Genau wie du.«

Amy schmiegte sich an mich. Ihr nackter warmer Körper fühlte sich wenig vertraut an. Mit der Zigarette in der Hand schaute ich an die Zimmerdecke des kleinen schäbigen Hotelzimmers, in dem wir uns trafen.

Es lag knapp dreißig Minuten außerhalb von St. Ives. Hier würde uns hoffentlich niemand zusammen sehen. Denn wenn Sarah von der Sache zwischen uns beiden Wind bekam, stand meine Abreise vor dem sicheren Aus. So weit durfte es unter gar keinen Umständen kommen. Dennoch konnte ich nicht anders. Ich brauchte diese Auszeiten mit der zwanzigjährigen Amy, die mir von ihrem Wunsch erzählte, Schauspielerin zu werden und eine große Karriere hinzulegen.

Träume waren wichtig. Wer könnte das besser verstehen als ich?

Auch wenn ich mir nur schwerlich vorstellen konnte, dass Amy eine rosige Zukunft als Schauspielerin bevorstand. Dafür war sie zu einfältig und naiv. Ihr konnte man problemlos weismachen, die Erde wäre eine Scheibe.

»Nicht mehr lange. Nur noch ein bisschen Geduld. Das wirst du doch hoffentlich noch aushalten. Oder? Ich meine, danach steht uns die Welt offen, Baby. Wir werden dieses bescheidene Fischernest hinter uns lassen und unser eigenes Ding machen. Niemand, der an uns herumnörgelt. Niemand, der uns sagt, was wir zu tun und zu lassen haben. Und das Beste: Die Sonne wird jeden Tag für uns scheinen.«

Amy kicherte an meiner Seite, nahm sich die Zigarette aus meiner Hand und zog daran. Sie machte kleine

Rauchwölkchen, die gen Zimmerdecke aufstiegen und mich an ein Lagerfeuer an einem Strand auf Bali erinnerten, wo ich mit Sarah glücklich gewesen war.

Sarah.

Wann hatte sie sich nur so verändert? Sesshaft werden. Ts. Das war keine Option für unser Leben. Das musste sie doch wissen. Cornwall sollte, wie alles andere auf unserem gemeinsamen Weg, nur eine Etappe darstellen. Nicht mehr und nicht weniger. Und jetzt wollte sie alles aufgeben, was uns ausmachte, und dauerhaft in diesem gottverlassenen nasskalten Kuhkaff bleiben.

Auf unseren Reisen hatten wir oft Paare getroffen, die sich verkrachten. Man musste es schon aushalten können, mit seinem Partner vierundzwanzig Stunden zusammen zu sein. Die meisten stellten irgendwann fest, dass dem nicht so war. Aber Sarah und ich? Wir hatten alles gemeinsam gemeistert, waren tagelang nebeneinanderher gelaufen, ohne uns zu langweilen oder das Gefühl zu haben, der andere würde einem auf die Nerven gehen. Abends hatten wir uns unter dem Sternenhimmel geliebt und eng umschlungen die Nacht verbracht.

Und nun sollte das alles ein für alle Mal vorbei sein?

Bei den anderen war es die logische Konsequenz aus grundlegenden Verschiedenheiten gewesen. Aber bei uns? Was war schiefgelaufen?

»Das hört sich richtig toll an, Matthew. Ich kann es kaum erwarten, mit dir von hier wegzugehen. Es wird so toll werden. Bestimmt lerne ich auf der Reise auch Menschen kennen, die mir bei meiner Schauspielerei helfen können. Stell dir das mal vor! Es gibt so unfassbar viele Möglichkeiten da draußen. Wir werden nicht mehr darauf warten müssen, dass uns jemand entdeckt. Wir machen unser eigenes Ding. Und es wird großartig. Ich weiß es.«

Es tat gut, Amy mit so viel Euphorie Pläne für die Zukunft schmieden zu hören. Sarah hatte in den letzten Monaten nur noch über verbesserte Rezepte, Einkaufslisten und Erweiterungsmaßnahmen für das Café gesprochen. Was wir uns zusammen vorgenommen hatten, zählte längst nicht mehr. Nur das Café musste laufen und Kunden bringen. Alles andere war unwichtig geworden.

Wie hatte Sarah nur nicht bemerken können, dass das der falsche Weg war? Wie hatte sie nur glauben können, dass wir auf diese Weise dauerhaft glücklich miteinander sein könnten?

Seufzend zog ich ein weiteres Mal an meiner Zigarette, die Amy mir soeben zurückgegeben hatte.

Mein Blick war noch immer zur Zimmerdecke gerichtet. Kleine Risse zogen sich durch den Putz. Nicht groß genug, um schäbig auszusehen oder den Eindruck zu erwecken, hier müsste dringend renoviert werden. Aber dennoch konnte man den Verfall deutlich erkennen.

Hätte ich früher etwas sagen müssen, anstatt Sarah nun mit allem allein zu lassen? Wäre es nicht meine Pflicht gewesen, für unsere Beziehung zu kämpfen? Jemand musste ihr doch sagen, dass das Leben nicht nur aus Kaffee, Kuchen und Kunden bestand.

Vermutlich war es dafür jedoch bereits zu spät.

Mein Blick fiel auf Amy, die in meinen Armen so lebendig wirkte. Sie gluckste vergnügt, während sie mit zu mir unter meine Bettdecke kroch und eine weitere Runde einläutete.

Nun konnte das Kopfkino in die Pause gehen. Endlich.

Danach würde ich weitersehen.

Kapitel 5

Sarah

Nur noch knapp dreißig Minuten war das *The Mermaid* geöffnet, und von Matthew fehlte weiterhin jede Spur.

Inzwischen hatte ich ihm bereits mehrfach auf die Mailbox seines Handys gesprochen, Nachrichten an ihn geschickt und ihn alle fünf bis zehn Minuten zu erreichen versucht. Nichts.

Mittlerweile machte ich mir ernsthafte Sorgen um ihn. War ihm etwas zugestoßen? Lag er womöglich schwer verletzt in einem Straßengraben und benötigte dringend Hilfe? Oder hatte er bereits seine Sachen gepackt und war abgehauen, ohne sich von mir zu verabschieden?

Bislang hatte ich weder Zeit gehabt, das Café allein zu lassen, um nach oben zu gehen und nachzusehen, noch hatte ich die Kraft dazu gefunden. Die Vorstellung, Matthew könnte sich heimlich still und leise aus meinem Leben geschlichen haben, schmerzte zutiefst. Dennoch musste ich mich im Ernstfall mit dem Gedanken abfinden.

Wenn es heute noch nicht so weit war, dann irgendwann in den nächsten Tagen und Wochen. Matthew würde weggehen. Mit mir oder ohne mich. So viel stand schon mal fest.

Die letzten Gäste verabschiedeten sich, zogen ihre schweren Wintermäntel, die Mützen und Schals über, schlüpften in ihre Handschuhe und gingen zur Tür. Ein kalter Wind fegte ins Café, als sie nach draußen verschwanden.

Stille.

Meine Gedanken kreisten um Matthew. Um mich abzulenken, zählte ich das Geld in der Kasse. Allerdings verzählte ich mich ein ums andere Mal, sodass ich es bald aufgab. Resigniert schob ich die Kassenlade zu, als die Tür sich abermals öffnete.

Ein mir unbekannter Mann kam mit einer derartigen Selbstverständlichkeit in mein Café gestiefelt, dass ich gar nicht anders konnte, als ihn anzustarren.

Der angedeutete dunkle Bartschatten in seinem Gesicht und die kurzen dunklen Haare standen im krassen Kontrast zu seinen leuchtend blauen Augen. Sie erhellten den ganzen Raum. Ganz so, als wäre soeben die Sonne aufgegangen.

»Ich weiß, dass das Café in wenigen Minuten schließt, könnte ich dennoch noch einen Kaffee bekommen? Ich verspreche auch, gleich wieder zu verschwinden.«

»Mit Milch und Zucker?«, fragte ich, während ich die Kaffeemaschine betätigte, die ich vor wenigen Minuten erst geputzt hatte.

»Schwarz«, erklärte er und grinste mich schief an, als ich ihm die Tasse überreichte.

»Schickes Café«, sagte er, nachdem er die ersten Schlucke getrunken hatte, und ließ den Blick über unsere vielen Reisesouvenirs schweifen, die überall die Wände zierten.

»Danke«, erwiderte ich und sah dabei vielsagend auf die Uhr und dann auf die Tür.

»Bin schon weg.«

Offenbar war ihm mein Blick aufgefallen.

Er trank die Tasse in einem Zug leer, legte fünf Pfund auf den Tresen und machte sich auf den Weg zur Tür.

»Hey, das waren zwei Pfund zu viel«, rief ich ihm noch hinterher.

Daraufhin hielt er in der Bewegung inne und drehte sich langsam zu mir um. Sein Blick fixierte mich, ehe abermals dieses schiefe und zudem noch äußerst attraktive Grinsen auf seinen Lippen erschien. Ein merkwürdiges Gefühl überkam mich. Neu und doch bekannt. Dieser Fremde brachte mich gehörig aus dem Konzept.

»Ich komme wieder«, erklärte er und zwinkerte mir dabei vielsagend zu, ehe er zur Tür hinaus entschwand.

Das alles geschah so schnell, dass ich einen Moment benötigte, bis ich realisierte, was da soeben passiert war.

Hatte der Kerl etwa mit mir geflirtet? Und was war das für ein merkwürdiges Gefühl in meiner Magengegend?

Doch noch ehe ich darüber nachdenken konnte, klingelte mein Handy.

Matthew.

»O Gott sei Dank! Geht es dir gut? Ich habe schon befürchtet, dir wäre etwas zugestoßen. Warum hast du dich denn nicht gemeldet? Ich habe dich mehrmals angerufen und dir auf die Mailbox gequatscht. Ist alles okay bei dir?«

Ein genervtes Stöhnen war in der Leitung zu hören.

»Sarah, ich bin ein erwachsener Mann und kann sehr wohl allein auf mich aufpassen. Ich musste einfach mal raus. Ich bin in knapp einer Stunde zu Hause. Soll ich uns etwas vom Chinesen in Treloyhan mitbringen? Hühnchen süß-sauer, wie immer?«

Ein Kichern war in der Leitung zu hören, das definitiv nicht von Matthew stammte. Vielleicht war er bereits in dem Restaurant angekommen und wollte seine Bestellung aufgeben. Allerdings kam mir die Stimme der Frau irgendwie bekannt vor. Mir wollte nur nicht einfallen, woher.

»Sarah? Bist du noch dran?«

Überrumpelt schüttelte ich den Kopf und versuchte nicht mehr in die Situation hineinzuinterpretieren, als gut für mich war.

»Hühnchen süß-sauer hört sich prima an. Ich freu mich auf dich. Bis später.«

»Bis später«, entgegnete Matthew, ehe er das Gespräch beendete.

Ich versuchte, das untrügliche Gefühl in meinem Herzen zu ignorieren, das mich daran erinnerte, dass Matthew mir für gewöhnlich am Ende eines Telefongesprächs sagte, er liebe mich. Doch es gelang mir nicht. Zudem musste ich wieder an die kichernde Frauenstimme denken. Wer war das in seiner Begleitung gewesen? Kannte ich sie? Hatten die beiden womöglich eine Affäre? Oder bildete ich mir das am Ende alles nur ein?

Mein Kopf schwirrte.

Ich ging zur Tür, um sie abzuschließen, drehte das Schild von »Open« auf »Closed« und knipste das Licht im vorderen Teil des Cafés aus.

Ein weiteres Mal begann ich, die Tageseinnahmen zu zählen, doch ich war nicht bei der Sache. Schließlich gab ich es mit dem Gedanken im Hinterkopf auf, morgen der Polizei nicht mal die Summe nennen zu können, die sich in der Kasse befunden hatte, sollte der Räuber heute Nacht in meinem Café zuschlagen.

Als ich schließlich auch im hinteren Bereich des Cafés das Licht ausgeknipst hatte, stand ich vollkommen im Dunkeln da. So verharrte ich einige Augenblicke, ehe ich das Licht im Treppenhaus anknipste. Kaum dass ich die erste Treppenstufe hinaufgestiegen war, kam mir das Kichern wieder in den Sinn. Und plötzlich hatte ich eine sehr genaue Vorstellung davon, mit wem sich Matthew heute Nachmittag getroffen hatte.

Kapitel 6

Matthew

Sarah hatte sich das Essen vom Chinesen geschnappt und war ins Schlafzimmer verschwunden, ohne auch nur ein Wort mit mir zu wechseln. Ich hatte auf dem Sofa übernachten müssen.

Gut, ich hatte mich von Amy dazu verführen lassen, länger als die veranschlagte Stunde in dem Restaurant zu bleiben. So war ich erst kurz vor zweiundzwanzig Uhr nach Hause gekommen. Das war aber noch lange kein Grund, mich mit Nichtachtung zu strafen, befand ich.

Mein Handy klingelte. Flynn Roberts war dran, der mir als Franchisegeber ein unschlagbares Angebot für *The Mermaid* gemacht hatte. Schon wieder. Ich drückte das Gespräch weg, da ich nicht in der Stimmung war, mit ihm zu reden. Dennoch war ich mir der Tatsache bewusst, dass ich endlich für Klarheit sorgen musste.

Als Sarah an diesem Morgen aus der Backstube kam, fing ich sie ab und zog sie hinüber ins Treppenhaus zu unserer Wohnung.

»Wir müssen reden«, erklärte ich ihr, während ich sie am Arm festhielt.

Sarahs Blick glitt über meine Hand, ehe ich sie schließlich losließ.

»Worüber willst du mit mir reden? Darüber, dass du eine Affäre mit Amy hast? Oder darüber, dass du demnächst von hier verschwinden willst, Matthew? Es ist mir beides einerlei. Pack deine Sachen und hau ab! Am besten so schnell wie möglich. Ich will dich hier nicht mehr sehen. Es ist aus.«

Ihre Worte prallten wie riesige Hagelkörner auf mich nieder. Woher wusste sie das mit Amy? Hatte die dumme Schnepfe ihr etwa davon erzählt? Und was meinte sie damit, ich sollte von hier verschwinden? Schließlich gehörte mir die Hälfte des Hauses.

»Halt! Stopp! Nun mal ganz langsam. So schnell wirst du mich nicht los, meine Liebe. Zumindest nicht, bevor das Finanzielle geklärt ist. Das Café gehört zur Hälfte mir. Vergiss das nicht! Und ich habe nicht vor, dir meinen Anteil einfach so zu überlassen.«

Bei meinen Worten wurden Sarahs Augen unnatürlich groß.

»Was willst du damit sagen?«

Ihre Stimme klang messerscharf. Ein falsches Wort, und ich würde mich daran schneiden.

»Ich habe einen Käufer gefunden. Ein Franchisegeber aus London. Er will das Café kaufen. Es ist vorbei, Sarah.«

Sarah schluckte schwer.

»Du willst deine Anteile an so einen windigen Geschäftsmann aus London verkaufen?«, fragte sie ungläubig und verschränkte dabei die Arme vor der Brust.

Ich schüttelte den Kopf.

»Falsch. Wir verkaufen ihm beide unsere Anteile. Sonst platzt der Deal.«

»Darauf kannst du lange warten. Ich werde das *The Mermaid* nicht aufgeben, nur weil du die Nase voll davon hast und lieber eine Zwanzigjährige bespringst, anstatt mit mir unsere Zukunft zu planen. Eher gefriert es in der Hölle.«

Zähneknirschend sah ich sie an, während ich mich für die Sache mit Amy verwünschte. Wie hatte ich nur davon ausgehen können, dass unsere Affäre unentdeckt bleiben würde? Nun gab es keine Chance mehr, so lange auf gut Wetter zu machen, bis ich Sarah von einem Verkauf überzeugt hatte. Sie würde sich mit Händen und Füßen dagegen wehren. Und ich? Ich würde das Nachsehen haben.

»Hör mir gut zu, Sarah!« Noch ehe ich wusste, was ich da tat, griff ich abermals nach ihrem Arm und packte ihn so fest, dass Sarah augenblicklich aufschrie.

»Du wirst deine Anteile ebenfalls verkaufen. Hast du mich verstanden? Ich werde mir von dir nicht vorschreiben lassen, wie ich mein Leben zu führen habe. Du warst diejenige, die gesagt hat, St. Ives wäre eine nette Zwischenetappe, ehe wir es uns irgendwo in der Südsee gut gehen lassen würden. Was ist daraus geworden? Hm? Du kannst deine Meinung nicht einfach ändern und von mir erwarten, dass ich deine Entscheidung mittrage. So funktioniert das nicht.«

»Aua, mein Arm! Matthew, du tust mir weh«, jammerte Sarah.

»Was ist hier los?«

Wie aus dem Nichts tauchte ein mir unbekannter Mann vor uns auf. Prüfend blickte er zwischen Sarah und mir hin und her, wie, um sich einen Überblick über die Situation zu verschaffen.

»Lassen Sie die Frau sofort los!«, ermahnte er mich mit einem Unterton in der Stimme, der keine Widerworte duldete.

Der Typ war wohl schief gewickelt. Was bildete er sich ein, sich in meine Angelegenheiten einzumischen? Das hier war eine Sache zwischen Sarah und mir. Da hatte dieser Idiot gefälligst Sendepause.

»Ich tue und lasse, was ich möchte. Verstanden? Und jetzt verpiss dich!«

»Sie lassen jetzt sofort die Frau in Ruhe, oder ich werde Sie dazu bringen, genau das zu tun.«

Wollte mir der Typ jetzt etwa drohen? Was hatte der denn heute Morgen in seinem Kaffee gehabt? Eine Textur aus Wünsch-dir-was und Das-Leben-ist-ein-Ponyhof? Oder was?

Nun begann Sarah sich aus meinem Griff zu entwinden. Noch ehe ich ihre Hand wieder zu fassen bekam, verspürte ich einen harten Kinnhaken, der mich am helllichten Tag Sternchen sehen ließ.

Ich wollte ebenfalls zu einem Schlag ausholen, traf aber nichts weiter als die Luft.

Sarah war hinter dem Fremden in Deckung gegangen, während ich mich zusammenkrümmte und mit meinen Fingern mein schmerzendes Kinn betastete. Was war denn jetzt schon wieder schiefgelaufen?

»Es wird das Beste sein, wenn Sie von hier verschwinden«, befand der Fremde.

Mein Blick huschte zu Sarah, die mich nach wie vor aus viel zu großen Augen furchterfüllt anstarrte. Sie schien mich nicht wiederzuerkennen. Wie auch, wenn ich selbst nicht so recht fassen konnte, was da gerade passiert war. So war ich doch sonst nicht. Ihre Sturheit brachte mich einfach derart auf die Palme, dass ich ausgeflippt war.

»Sarah, ich …«, hob ich an, spürte aber sofort, dass jetzt nicht der richtige Zeitpunkt war, mit ihr darüber zu sprechen.

Es brauchte Zeit.

Also ging ich. Und ließ Sarah mit ihrem Retter allein.

Kapitel 7

Sarah

Mein Herz schlug mir bis zum Hals, während Matthew das Treppenhaus durch die Hintertür nach draußen verließ.

»Ist alles in Ordnung bei Ihnen? Hat er Sie verletzt?«, fragte mein Retter, während er mich mit besorgten Blicken aus seinen unglaublich blauen Augen musterte.

»Wie? Ach so. Nein, ich bin nicht verletzt. Nur geschockt. Ich hätte nie gedacht, dass Matthew je körperlich gegen mich werden könnte. Das ist … neu. Und ich weiß noch nicht, wie ich mit der Tatsache umgehen soll. Aber zuerst einmal: Danke. Ich danke Ihnen, dass Sie nicht lange gezögert haben und mir zu Hilfe geeilt sind. Ich habe keine Ahnung, was passiert wäre, wenn Sie nicht gekommen wären.«

Allein der Gedanke war grausam. Die Worte nun allerdings laut und deutlich zu hören, führte mir unmissverständlich vor Augen, wie weit Matthew und ich uns voneinander entfernt hatten. Da war nichts mehr als ein Café in St. Ives, das uns noch zusammenhielt. Die Erkenntnis war schmerzvoll. Gleichzeitig hatte ich es schon eine ganze Weile befürchtet.

Vielleicht hätte ich das Thema viel früher auf den Tisch bringen sollen. Sogar der Verdacht, dass Matthew mich hintergehen könnte, hatte sich schon länger aufgedrängt. Aber vermutlich hatte ich auch das einfach nicht wahrhaben wollen. Ein Schutzmechanismus, der eine ganze Zeitlang wie ein einhüllender Kokon gewirkt und mich vor der Realität behütet hatte. Nun war der Moment gekommen, mich den Gegebenheiten zu stellen.

»Ist doch Ehrensache. Das hätte jeder getan«, behauptete er.

»Ich bin mir da nicht so sicher«, erwiderte ich und ging wie in Trance hinaus in den Laden.

Erst jetzt fiel mir auf, dass das Café noch geschlossen war.

Wie war der Mann also hereingekommen?

»Die Tür war nicht abgeschlossen. Ich habe mein Glück versucht. Kaffee – Sie wissen schon. Ohne meine heimliche Droge komme ich nicht in die Gänge. Und die Plörre, die ich in meinem B&B außerhalb von St. Ives bekomme, ist einfach nicht genießbar«, erwiderte er, als hätte er die Fähigkeit, in meinen Gedanken zu lesen.

»Ich verstehe.«

Dabei sah ich ihn noch eine ganze Weile eindringlich an.

Der Bartschatten war heute in leichte Stoppel übergegangen. Seine Mundwinkel zuckten ein wenig, wie bei einem Lächeln, das sich Bahn brach und auf halber Strecke hängen blieb. Nach wie vor kribbelte mein Bauch auf diese merkwürdige Art und Weise, sobald ich ihm auch nur in seine leuchtend blauen Augen sah. Als bestünde da eine Verbindung zwischen uns, von der ich bisher nichts geahnt hatte.

»Kaffee. Schwarz. So, wie Sie ihn mögen.«

Mit diesen Worten stellte ich ihm das Heißgetränk auf die Theke und wollte mich schon wieder nach hinten in die Backstube verabschieden.

Inzwischen waren auch Matilda und Fiona eingetroffen, um alles für das Frühstück vorzubereiten. Ich war so dankbar dafür, dass sie da waren und ich den heutigen Tag nicht allein bewältigen musste. Auch nur die Vorstellung, Matthew könnte jeden Moment zurückkommen und mich wieder mit dieser Mischung aus Enttäuschung und blanker Wut ansehen, ließ mich innerlich zittern.

»Ich weiß ja nicht, wie Ihre Beziehung bisher so verlaufen ist, Madam, aber Sie sollten sich so ein Verhalten von niemandem gefallen lassen.«

»Das ist sehr lieb von Ihnen …«

»Jago. Mein Name ist Jago. Ich stamme hier aus St. Ives, war aber einige Jahre weg. Jetzt … bin ich wohl zurück. Zumindest für den Moment. Mal sehen, ob ich dauerhaft bleibe.«

Bei seinem letzten Satz sah er mich so eindringlich an, dass ich das Gefühl nicht loswurde, er machte seine Entscheidung von mir abhängig.

Was vollkommener Blödsinn war. Was sollte ich damit zu tun haben? Schließlich kannten wir uns überhaupt nicht. Und allein die Tatsache, dass er mich in der brenzligen Situation mit Matthew vor Schlimmerem bewahrt hatte, führte noch lange nicht dazu, dass er sich mir verpflichtet fühlen müsste. Das hoffte ich zumindest. O Gott! Er war doch hoffentlich kein Stalker?

»Was habe ich jetzt wieder Falsches gesagt, dass Sie mich ansehen wie ein Reh, das in die Scheinwerfer eines Vierzigtonners blickt?«

»Nichts. Es ist nur … Liz hat mir von Ihnen erzählt.«

Jago fuhr sich mit der Hand durchs Haar.

»Die gute alte Liz. Sie hat wohl noch immer das Gefühl, die Frauenwelt von St. Ives vor mir beschützen zu müssen. Dabei bin ich schon lange kein Schürzenjäger mehr. Das liegt hinter mir. Sagen Sie ihr das, wenn Sie sie sehen.«

Damit erhob er sich von seinem Platz und legte abermals fünf Pfund auf den Tresen.

Ich wollte protestieren und ihn einladen. Schließlich war er trotz seines schlechten Rufs mein heutiger Retter. Doch noch ehe ich etwas sagen konnte, war er bereits zur Tür hinaus.

O Mann, was für ein Start in den Tag!

Kapitel 8

Jago

»Jago? Bist du das wirklich? Mensch, das muss ja Jahre her sein, dass ich dich das letzte Mal gesehen habe.« Toby war mitten auf der Promenade in mich hineingerannt und war ganz aus dem Häuschen, mich zu sehen. »Wo warst du bloß die ganze Zeit? Bleibst du länger? Oder ist das nur eine Stippvisite auf dem Weg zum nächsten Ziel? Ist womöglich sogar eine Frau dafür verantwortlich, dass du mal wieder bei uns hereinschneist?«

Der Besitzer des *Sloop Inn* hatte mich in seinem Pub schon früher gern in Grund und Boden geredet.

»Hey, Toby. Mal sehen, was die Zeit so bringt«, hielt ich mich bedeckt.

Ich wollte nicht offenlegen, was ich geplant hatte. Schließlich war ich mir selbst noch nicht ganz im Klaren darüber. Nach dem desaströsen Ende der Beziehung mit Beth war es erst mal besser gewesen, aus Dublin wegzugehen und nach Hause zu kommen.

Sie war nie in St. Ives gewesen, sodass ich hier nichts mit ihr verband. Auf diese Weise würde ich hoffentlich leichter über die letzten Monate hinwegkommen. Oder auch nicht. Denn mein schlechter Ruf schien mich wieder einzuholen. Bevor ich michs versah, zerrissen die Leute sich das Maul über mich.

Mein altes Ich hätte darüber gelacht und behauptet, dass es mich nicht kümmerte. Aber inzwischen war ich älter und reifer geworden. Ich hatte Beth ehrlich und aus ganzem Herzen geliebt und war ziemlich unsanft auf dem harten Boden der Tatsachen aufgekommen, nachdem ich erfahren musste, dass sie sich auf einen ihrer Arbeitskollegen eingelassen hatte. Die Erfahrung hatte mich verändert, während die Leute nur den leichtfertigen Jago von damals kannten.

Toby klopfte mir kumpelhaft auf die Schulter und grinste mich doof an.

»Wie ich dich kenne, wirst du sie dir schon zu deinem Nutzen zu machen wissen. Ich muss jetzt leider wieder los. Aber komm mich doch mal im Pub besuchen. Wäre spannend zu hören, wo du in den letzten Jahren gesteckt hast. Der Womanizer von St. Ives war an so manchem Abend Gesprächsthema im *Sloop Inn*. Besonders, als du dann weg warst.«

»Mal sehen«, erwiderte ich halbherzig, während Toby sich von mir verabschiedete.

Ich blickte ihm noch ein paar Augenblicke nach, sah, wie er auf seinem Weg andere Passanten ansprach, mit ihnen schäkerte und lachte. Der Besitzer des *Sloop Inn* schien von allen geschätzt zu werden. Wehmütig erinnerte ich mich daran, wie egal es mir in meiner Jugend gewesen war, ob die Leute mich mochten oder nicht.

Meine Mum hatte von einer Trotzreaktion gesprochen. In der Schule hatte ich meine Schwierigkeiten damit gehabt, mit den anderen Lesen und Schreiben zu lernen. Bis sich herausstellte, dass ich es in den Griff bekommen konnte, aber mehr Zeit benötigte, hatten mich alle schon als Idioten abgestempelt.

Dann war ich in die Pubertät gekommen und hatte meine Wirkung auf das weibliche Geschlecht getestet. Das erste Mal in meinem Leben hatte ich mich stark und teilweise sogar überlegen gefühlt. Nicht gegenüber den Frauen, sondern vielmehr den Männern. Zu sehen, wie sauer sie auf mich waren, wenn ich ihnen ein Mädchen ausgespannt hatte, bereitete mir eine enorme Genugtuung angesichts der vielen Schulstunden in meinem Leben, in denen sie mich als Außenseiter gebrandmarkt hatten.

Wenn schon Außenseiter, dann auf meine Weise, hatte ich mir damals gedacht und dabei auch einige Herzen gebrochen, was mir später leidtat. Ich hatte mich zu einem dieser stumpfsinnigen Blödmänner entwickelt, die ich verabscheut hatte, nur um mein Ego ein wenig aufzupolieren.

Doch nun hatte ich dazugelernt, hatte Erfahrungen mit Menschen sammeln können, mit denen ich nicht zur Schule gegangen war. Ich konnte mein Selbstwertgefühl nicht mehr aufbauen, indem ich anderen Schaden zufügte. Das hatte ich nicht mehr nötig. Allerdings schien St. Ives das noch nicht zu wissen.

»Na, schau mal einer an. Jago. Wie schön, dich wiederzusehen.«

Ach, das war doch die gute, alte Liz, die da plötzlich wie eine Fata Morgana vor mir stand. Fest und entschlossen wirkte sie auf mich. Als würde sie mir jeden Moment eine Moralpredigt halten wollen. Ich wappnete mich dagegen.

»Schön, auch dich wiederzusehen, liebe Liz. Du hast dich überhaupt nicht verändert.«

Sie winkte ab.

»Papperlapapp. Ich bin älter geworden. Wir alle sind älter geworden. Das lässt sich leider nicht aufhalten, gehört zum Leben dazu. Aber sag mal, Jago, seit wann bist du zurück?«

Liz' prüfender Blick lag schwer auf mir.

»Seit knapp einer Woche. Warum willst du das wissen?«

Die Art und Weise, wie sie mich durchdringend beäugte, gefiel mir nicht. Sie gefiel mir ganz und gar nicht.

»In der Vergangenheit warst du ein Schwerenöter, mein Lieber. Sag, bist du in der Zwischenzeit unter die Bankräuber gegangen?«

»Wie bitte?«

Fassungslos starrte ich sie an.

»Na, jetzt sei mal nicht gleich so empört. In meiner ganzen langen Zeit hier in St. Ives hat es keinen einzigen Banküberfall gegeben. Und kaum bist du zurück, wird die Bank ausgeraubt. Da wird man doch wohl noch fragen dürfen. Oder? Das solltest du dir nicht allzu sehr zu Herzen nehmen. Aber lass dir eins gesagt sein, mein Lieber: Solltest du für diese Tat verantwortlich sein, bringe ich dich zur Strecke. Schönen Tag noch.«

Und damit ging sie an mir vorüber, als hätte sie mir soeben lediglich einen angenehmen Tag gewünscht und sich nach meinem Befinden erkundigt.

Kopfschüttelnd sah ich ihr nach.

Was war nur mit den Leuten los? Bloß, weil ich mich in all den Jahren nicht hatte blicken lassen, hieß das doch noch lange nicht, dass ich jetzt zurückgekommen war, um in St. Ives eine Bank auszurauben. Und wenn ich ebendies getan hätte, wäre ich dann nicht schon längst über alle Berge?

Während ich zu meinem B&B aufbrach, fragte ich mich, wie ernst Liz ihren Vorwurf gemeint hatte. War das am Ende womöglich sogar ihre Art und Weise, mich hier in St. Ives willkommen zu heißen? Wenn es scherzhaft gemeint sein sollte, dann war ihr der Witz allerdings nicht besonders gut geglückt.

Inzwischen fragte ich mich, ob ich nicht besser wieder von hier verschwinden sollte. Dann musste ich jedoch an die Inhaberin des *The Mermaid* denken. Neben der besorgten Miene, die sie gestern und heute an den Tag gelegt hatte, waren mir ihre strahlenden Augen und ihr liebreizendes Wesen aufgefallen. Kein Wunder, dass die Leute gerne zu ihr ins Café gingen. Sogar der Inhaber des B&Bs, in dem ich wohnte, hatte mir von dem Café an der Promenade von St. Ives vorgeschwärmt und mich dazu ermutigt, dort einen Kuchen oder süßes Gebäck zu versuchen.

Gestern Abend war ich zu spät gekommen, und heute Morgen erschien es mir, nach dem, was vorgefallen war, nicht richtig, über Gebühr zu bleiben. Dennoch fragte ich mich, was diese Frau mit mir anstellte. Leider war auch sie anscheinend voller Vorurteile mir gegenüber, obwohl sie mich gar nicht kannte.

Du suchst nur Abwechslung. Weiter nichts, behauptete meine innere abgeklärte Stimme, die sich einen dicken Panzer umgelegt hatte und niemanden an sich heranließ.

Seit meiner frühen Kindheit war sie ein Teil von mir, den ich nicht loswurde. Egal, wie erfolgreich ich in der Uni gewesen war, wie gut ich in meinem Beruf als Ingenieur verdiente, die Stimme traute dem Frieden nicht.

Auf halber Strecke zum B&B traf ich abermals auf Sarahs zweifelhaften Freund. Er unterhielt sich mit einem untersetzten älteren Mann, der wild fuchtelnd vor ihm stand und offenbar keine Widerrede duldete. Sein Gesicht war hochrot, der Ausdruck darauf wutverzerrt.

»Das war aber so abgemacht. Ich hätte gleich selbst dafür sorgen sollen, dass aus der Sache was wird. Jetzt muss ich Schadensbegrenzung betreiben. Denn aufgeben werde ich ganz sicher nicht.«

Noch ehe Sarahs Freund zu einer Antwort anhob, setzte ich meinen Weg fort. Ich wollte nichts davon mitkriegen, was der Kerl mit diesem zwielichtigen Typen zu besprechen hatte. Das war nicht meine Angelegenheit. Ich hatte genügend eigene Probleme.

Aus Dublin wegzugehen, ohne einen Plan zu haben, war, rückblickend betrachtet, ein wenig einfältig gewesen. Das gab ich gerne zu. Allerdings hatte ich nur noch rotgesehen und musste schnell eine Entscheidung treffen. Dabei hatte ich alles zurückgelassen, was nicht in meinen Koffer und den Rucksack gepasst hatte. Unter anderem auch Beth.

Beth.

Sechs Monate waren wir ein Paar gewesen, und ich hatte nicht gemerkt, was da im Hintergrund ablief. Blind vor Liebe. Vielleicht hatte ich die Zeichen aber auch einfach nicht richtig deuten wollen. Bis ich mich dann gezwungen sah, zu reagieren. Und Stellung zu beziehen.

Beth war mir so anders vorgekommen. Sie war nicht mehr die Frau, in die ich mich verliebt hatte. Wie hatte ich mich nur so in ihr täuschen können? Im Grunde konnte ich nur hoffen, dass unsere Lebenswege von nun an getrennt verliefen. So war es besser. Für uns beide.

Vollkommen in Gedanken versunken, stand ich plötzlich am Strand. Es war Ebbe. Das Wasser hatte sich zurückgezogen. Irgendwann würde es zurückkommen. Das war so sicher wie das Amen in der Kirche.

Aber was war bei mir sicher? Sollte ich hier in St. Ives bleiben? Was hatte ich hier überhaupt noch verloren? Oder doch besser wieder meine Sachen zusammenpacken und von hier verschwinden? Aber wohin? In einer Großstadt ganz von vorn beginnen oder besser hier auf altem Terrain zeigen, dass ich mich mittlerweile ganz gut im Griff hatte, was das Flirten anbelangte?

Mit klammen Fingern griff ich nach einem der unzähligen Kieselsteine vor mir auf dem Boden. Er war nass. Sand haftete ihm an. Eine Zeitlang wog ich ihn in der Hand, ehe ich ihn dorthin warf, wo bald schon wieder das Wasser sein und ihn mit sich ins offene Meer reißen würde.

Nebel zog auf. Es nieselte leicht. Der Wind kroch mir in den Mantelkragen und fuhr mir eisig über den Rücken. Der Winter war mir nicht unbedingt die liebste Jahreszeit, aber hier in St. Ives war es in Ordnung. An der Küste war es noch am besten auszuhalten.

Anstatt hier herumzustehen und Löcher in die Luft zu gucken, solltest du dich um einen Job kümmern, ermahnte mich meine innere Stimme ungefragt.

Auch wenn ich ihr für gewöhnlich nur ungern recht gab, musste ich ihr in dieser Angelegenheit zustimmen. Die Frage war nur, wie schnell ich als Ingenieur in St. Ives eine Arbeit finden würde.

»Sag mal, Jago, bist du das wirklich?«

Bevor ich mich umdrehte, atmete ich einmal tief durch. Bekanntlich waren ja aller guten Dinge drei, allerdings war ich mir nicht sicher, ob das in meinem ganz speziellen Fall auch so war.

Als Schwerenöter und potenzieller Bankräuber war ich heute bereits betitelt worden. Was würde jetzt noch kommen? Ich wappnete mich innerlich bereits für alle Eventualitäten und blickte dann in die warmherzigen Augen von Mrs Fisher, meiner Grundschullehrerin.

»Mrs Fisher, wie schön, Sie zu sehen.«

Das war keine bloße Floskel, sondern entsprach voll und ganz der Wahrheit.

Denn während die Kinder in meiner Klasse mich damals für meine Begriffsstutzigkeit hänselten, hatte sich Mrs Fisher darum bemüht, mir auf meinem Weg zu helfen.

Oftmals war sie am Nachmittag zu uns gekommen, um mit mir den Stoff aus dem Unterricht zu wiederholen oder mir Hilfestellungen beim Lernen anzubieten. Neben meiner Mum, die leider viel zu früh verstorben war, war sie die liebenswürdigste Bezugsperson in meinem Leben gewesen.

Deshalb war es auch nicht weiter verwunderlich, dass wir uns schon im nächsten Augenblick in den Armen lagen. Wie Mutter und Sohn. Nur eben ohne Blutsverwandtschaft. Aber die war nicht immer von Vorteil. Wenn man bedachte, dass mein Erzeuger nichts von mir wissen wollte, obwohl ich zu fünfzig

Prozent seine DNA herumschleppte, war mir meine Wahlverwandtschaft viel lieber.

»Mensch, Jago, ich freue mich, dich zu sehen. Bist du denn schon länger zurück in St. Ives? Ach, weißt du was? Lass uns zu uns nach Hause gehen. Ist ja zum Glück nicht weit. Bei dem Wetter sollte man nicht zu lange draußen herumstehen. Schon hat man sich die nächste Erkältung eingefangen. Und darauf kann ich durchaus verzichten. Die letzte sitzt mir noch immer in den Knochen. Ich koche uns auch einen schönen Tee und backe ein paar Scones dazu. Dann setzen wir uns gemütlich zusammen und reden über alles. Was hältst du davon?«

Mrs Fisher klang mindestens ebenso energisch und wortgewandt wie Liz, allerdings war sie viel sanfter, mütterlicher und freundlicher.

»Ich halte das für einen sehr guten Vorschlag«, beeilte ich mich schließlich zuzustimmen.

Kaum dass ich meinen Satz vollendet hatte, hakte Mrs Fisher sich bei mir unter, und wir liefen am Strand entlang bis zu dem kleinen vanillefarbenen Cottage oberhalb der Promenade ganz in der Nähe des Leuchtturms. Im Frühjahr und Sommer verwandelte sich der Garten vor dem Haus in ein einziges Blütenmeer. Als kleiner Junge hatte ich so manches Mal vor Mrs Fishers Cottage angehalten, die Blumen betrachtet und dem Konzert der summenden Hummeln, Bienen und Schmetterlingen gelauscht.

»Wie schade, dass im Winter alles brachliegt«, erwähnte ich, mehr zu mir selbst.

Doch Mrs Fisher, die soeben das Gatter ihres Zauns öffnete, hielt in der Bewegung inne und sah mich einen Moment ganz ruhig an.

»Weißt du, Jago, im Winter kommt die Natur zur Ruhe, sie holt Anlauf, um im Frühjahr wieder ihre kleinen und großen Wunder zu tun. Ich finde, das hat sie sich verdient. Diese kleine Auszeit. Findest du nicht auch?«

So betrachtet hatte Mrs Fisher natürlich recht. Schon kam ich mir wie der kleine dumme Schuljunge vor, der ich in meiner Erinnerung gewesen war.

»Aber jetzt lass uns hineingehen. George wird sicher noch unterwegs sein. Mein Mann geht seit seiner Pensionierung jeden Tag mindestens zwei Stunden spazieren. Wenn meine Hüfte nicht so schrecklich schmerzen würde, wenn ich sie zu sehr belaste, würde ich ihn gerne begleiten. Vielleicht ist es aber auch ganz gut, wenn jeder von uns ein wenig Abstand zum anderen gewinnt. Ich meine, wir sitzen hier mitunter den ganzen Tag aufeinander. Gerade im Winter.«

Mrs Fisher zwinkerte mir verschwörerisch zu.

Die vielen kleinen Falten rund um ihre Augen herum traten dabei noch deutlicher hervor. Auch um die Mundpartie waren viele kleine dünne Linien zu erkennen. Sie zeugten von einem glücklichen Leben, in dem sie viel gelacht hatte.

Und tatsächlich konnte ich mich noch gut daran erinnern, wie lustig der Unterricht bei ihr oftmals gewesen war. Meine Grundschullehrerin hatte gern ihren ganz feinen Humor spielen lassen, und nicht selten hatte die komplette Klasse dagesessen und sich vor Lachen die Bäuche gehalten. Das war mit eine der schönsten Erinnerungen an diese Zeit.

Mrs Fisher drehte derweil den Schlüssel im Schloss und bat mich schließlich ins Haus. Eine wohlige Wärme und der Duft von Kürbissuppe und Ingwerkeksen stieg mir in die Nase.

Auf der rechten Seite des Flurs befand sich das Wohnzimmer, wie ich es in Erinnerung behalten hatte. Die ausladende breite Couch mit der gesteppten Decke darauf, der kleine schmale Sessel mit dem Blumenmuster vor dem prasselnden Kamin. Davor ein Hocker, auf dem man die Beine ablegen konnte.

Hinter der Couch erstreckte sich ein Bücherregal über die komplette Seite. Auch hier stand ein kleiner Sessel mit Stehlampe dahinter. Ein gemütlicher Ort, um zu lesen.

Da es mir in der Grundschule nicht besonders leichtgefallen war, Buchstaben aneinanderzureihen und sie zu verstehen, hatte es lange gedauert, bis ich meine Liebe zu den Büchern entdeckt hatte.

Mrs Fisher trug ihren Anteil dazu bei, dass ich drangeblieben war und nicht aufgegeben hatte. Wäre sie nicht gewesen, wer weiß, was dann aus mir geworden wäre. Vielleicht würde ich zur See fahren und Fische fangen. Ein durchaus ehrbarer Beruf. Allerdings wurde mir schon übel, wenn ich ein Boot nur betrat und das typische leichte Schwanken einsetzte.

Ein Klappern war in der Küche zu hören. Schubladen wurden geöffnet und wieder geschlossen. Der Duft von würzigem schwarzem Tee lag in der Luft und zog mich in seinen Bann.

Auch wenn ich für gewöhnlich Kaffee trank, konnte ich bei einem guten Tee nicht widerstehen. Das Aroma war betörend.

»Das duftet herrlich.«

Mrs Fisher lächelte mich an, kaum dass ich die Küche betreten hatte.

Auch hier hatte sich auf den ersten Eindruck nichts verändert. Ganz so, als hätte jemand die Zeit angehalten und sie erst wieder in Gang gesetzt, nachdem ich nach St. Ives zurückgekehrt war.

»Deckst du den Tisch für uns, Jago? Die Scones sind gleich fertig. Den Teig habe ich heute Morgen schon vorbereitet. George isst sie gerne nach seinem Spaziergang. Clotted Cream und Erdbeermarmelade findest du im Kühlschrank. Ach, und nimm doch noch die Blechdose von der Anrichte mit rüber zum Tisch. Darin sind ein paar Ingwerkekse, die ich gestern gebacken habe. Ich befürchte nur, viele werden es nicht mehr sein, da George sie ausgesprochen gerne mag.«

Ich tat, wie mir geheißen, und half Mrs Fisher schließlich dabei, die schwere Teekanne aus Porzellan auf den Tisch zu stellen. Mrs Fisher ließ es sich jedoch nicht nehmen, uns beiden einzuschenken.

»So, und nun erzähl mal, mein Junge. Wie ist es dir ergangen? Nach dem viel zu frühen Tod deiner Mutter hatte ich schon befürchtet, dich nie wieder hier in St. Ives zu sehen. Umso dankbarer bin ich, dass ich mich getäuscht habe.«

»Es geht mir gut. Ich habe studiert und bin Ingenieur geworden. Ich habe einige Zeit in Dublin gelebt und in einer Firma für Gebäudetechnik gearbeitet, jetzt zieht es mich aber wieder in die Heimat.«

Mrs Fisher strahlte bei meinen Worten übers ganze Gesicht.

»Mensch, Jago, wirklich? Ich bin wahnsinnig stolz auf dich. Wenn ich mich daran erinnere, wie schwer du dich früher in der Schule getan hast, kann ich nur sagen, dass es sich immer lohnt, dranzubleiben. Ein festes Ziel vor Augen hilft. Und schon als kleiner Junge hast du mir einmal anvertraut, dass du gerne an die Uni gehen und studieren möchtest. Ich musste dir versprechen, es niemandem zu erzählen. Nicht mal deiner Mum. Nun freue ich mich wahnsinnig für dich, dass dieser Wunsch in Erfüllung gegangen ist. Das hast du dir verdient, Jago!«

Lächelnd legte Mrs Fisher ihre Hand auf meinen Arm. Sie schien sich aufrichtig für mich zu freuen.

Noch ehe ich etwas erwidern konnte, stand Mrs Fisher abermals von ihrem Stuhl auf und holte die Scones aus dem Backofen. Sie dufteten herrlich. Am liebsten hätte ich mir gleich einen geschnappt. Aber ich geduldete mich, bis sie ein wenig abgekühlt waren. Dann würden sie noch besser schmecken. Und ich würde nicht Gefahr laufen, mir die Zunge daran zu verbrennen.

Mrs Fisher stellte gerade eine Etagere auf den Tisch. In der Zwischenzeit hatte sie noch ein paar Gurken- und Thunfischsandwiches gezaubert, die im unteren Bereich der Etagere Platz gefunden hatten. Oben lagen die dampfenden Scones.

»Das sieht alles sehr köstlich aus.«

Doch Mrs Fisher winkte ab.

»Das ist nur eine Kleinigkeit. Wenn ich gewusst hätte, dass ich dir heute über den Weg laufe, dann hätte ich dir einen Kuchen gebacken. Du mochtest früher immer den mit Walnüssen und Schokostücken darin sehr gerne. Weißt du noch? Ich muss mal nachsehen, wo ich das Rezept habe. Es ist schon eine ganze Weile her, dass ich ihn das letzte Mal gebacken habe. Für George und mich lohnt sich kein ganzer Kuchen. Und viele unserer Freunde sind mittlerweile weggezogen, verstorben oder fristen in einem dieser Seniorenheime ein eher unwürdiges Dasein.«

Mrs Fisher war anzusehen, wie sehr sie das Thema mitnahm.

Es musste schrecklich sein, älter zu werden und dabei zu bemerken, dass die lieben Menschen, mit denen man sein ganzes Leben verbracht hatte, einfach nicht mehr da waren.

»Aber jetzt lassen wir mal diese traurigen Geschichten. Ich backe dir den Kuchen, wann immer du möchtest. Sag gerne Bescheid, wenn du wieder mal Zeit hast vorbeizukommen. Auch wenn die Gesellschaft von so alten Tattergreisen wie George und mir natürlich nichts für so einen gut aussehenden jungen Mann wie dich sind.«

»Mrs Fisher, ich kann es kaum erwarten, wieder auf einen Besuch vorbeizukommen«, gelobte ich feierlich und griff dann nach einem der Scones, der mir inzwischen das Wasser im Mund hatte zusammenlaufen lassen.

Mrs Fisher schmunzelte.

»Schon meine Mutter hat immer gesagt: *Einen Mann hältst du dir nicht mit Schönheit, sondern mit deinen Fähigkeiten in der Koch- und Backkunst.* Ich befürchte, ich muss ihr recht geben, auch wenn ich den Spruch in meiner Jugend schrecklich altbacken fand.«

Sie lachte.

»Wo bist du denn untergekommen, Jago? Das Cottage deiner Mum wurde verkauft, wenn ich mich recht erinnere. Man sieht da nur im Sommer jemanden. Sicher Leute aus London, die hier ihre Ferien verbringen. Von denen gibt es so viele, dass ich den Überblick verloren habe. Inzwischen gilt Cornwall als schick. Früher haben die Städter einen großen Bogen um uns gemacht. Nicht fein genug mit all den Minen. Aber inzwischen hat sich ihre Meinung grundlegend geändert. Versteh einer die Menschheit.«

Mrs Fisher ließ die Arme in die Höhe sausen und nahm sich dann ebenfalls einen Scone von der Etagere.

Die Haustür fiel knarzend ins Schloss.

»Bist du das, George?«, fragte Mrs Fisher prompt und legte ihren Scone zurück auf den Teller.

»Komm zu mir in die Küche. Wir haben einen Gast.«

Nachdem sie mich angekündigt hatte, legte sie ihren Zeigefinger vor die Lippen.

»Einen Gast? Wer ist es denn?«

George klang ein wenig besorgt. Oder bildete ich mir das am Ende nur ein? Schließlich hatte ich ihn seit Jahren weder gesehen noch gesprochen.

Als er in die Küche kam, hatte er noch seine Wanderstiefel und den Wintermantel an. Prüfend sah er in meine Richtung, ehe sich Erleichterung auf seinen Gesichtszügen abzeichnete.

»Jago? Bist du das wirklich? Wie schön, dich wiederzusehen.«

George wollte schon auf mich zueilen, als seine Frau ihm klarmachte, dass er zunächst seine Schuhe und den Mantel ausziehen und in den Flur stellen sollte.

Als er ihrer Bitte nachgekommen war, schlurfte er mit warmen Lammfellpantoffeln an den Füßen in die Küche und setzte sich neben mich.

Mrs Fisher hatte ihm soeben noch ein Gedeck aufgetragen. Sie goss ihm Tee in die Tasse und gab zwei Kandiszucker und ein wenig Milch hinein.

Es musste schön sein, die Gepflogenheiten des anderen zu kennen und sich blind zu verstehen. Irgendwann hoffte ich auch darauf, eine eigene Familie zu gründen. Zwei bis drei Kinder, ein kleines Cottage an der Küste und eine Frau, die wusste, wie ich meinen Tee trank. Eine herrliche Vorstellung.

Nachdem ich auch George erzählt hatte, wie es mir in den vergangenen Jahren ergangen war, verabschiedete ich mich von den beiden. Sie wirkten ein wenig müde. Ich wollte ihre Gastfreundschaft nicht über Gebühr beanspruchen.

Also erhob ich mich von meinem Platz, gelobte, bald mal wieder vorbeizuschauen, und trat hinaus in den eisigen Januarwind.

Als ich das Gatter hinter mir ins Schloss gezogen hatte, sah ich Mr und Mrs Fisher Arm in Arm am Küchenfester stehen. Ein warmes Licht umhüllte sie, während sie mir zum Abschied zuwinkten.

Kapitel 9

Sarah

»Sarah? Ich bin so schnell gekommen, wie ich konnte. Was ist denn passiert?«

Ailla zog mich in eine feste Umarmung, ehe sie sich von mir losmachte und mich eindringlich ansah.

Matilda musste sie angerufen und ihr gesagt haben, dass ich einen Nervenzusammenbruch oder etwas dergleichen erlitten hatte. Kurz nachdem Jago heute Morgen aus dem Café gegangen war, hatte ich plötzlich eine derartige Last auf meinen Schultern gespürt, dass ich beinahe darunter zusammengebrochen wäre.

»Matthew … Er will seine Zelte abbrechen und wieder reisen … Und er will seine Anteile an irgendeinen Franchisegeber verkaufen. Was mache ich denn jetzt? Ich will hier nicht weg. Und ich will mein Café nicht aufgeben. Ich bin so gerne hier in St. Ives. Es tut so gut, endlich zu wissen, wo man hingehört.«

Kaum dass ich die wenigen Sätze gesprochen hatte, brach mir abermals die Stimme, und ein erschütterter Schluchzer bahnte sich seinen Weg aus meiner Kehle.

Es fühlte sich schrecklich an, so machtlos zu sein. Matthew und ich hatten das Café gemeinsam gekauft, renoviert und viel Arbeit und Schweiß hineingesteckt.

Es war zur Hälfte sein Café, auch wenn er immer behauptet hatte, dass es mein Baby sei. Nun, da es allerdings darum ging, von hier wegzugehen, schien er auf einmal die Entscheidungen treffen zu wollen.

»Und das ist noch nicht das Schlimmste«, kam es mir schließlich über die Lippen.

»Nicht?«, fragte Ailla, die sich neben mir auf die Couch in meiner Wohnung gesetzt und mir inzwischen ein Taschentuch gereicht hatte.

»Matthew hat eine Affäre mit Amy«, offenbarte ich ihr.

Aber vermutlich wusste das ohnehin bereits der ganze Ort.

St. Ives war nicht besonders groß. Ich liebte seine Überschaubarkeit und die Tatsache, dass jeder jeden kannte. Allerdings wusste ich darum, dass Geheimnisse nie lange geheim blieben. Hier hatten die Wände Ohren.

»Dieser Mistkerl«, fauchte Ailla wie eine Wildkatze.

»Okay, lass uns überlegen, was wir machen können«, sagte sie nach einer Weile, in der wir beide unseren Gedanken nachgehangen hatten.

Ich zuckte resigniert mit den Achseln.

»Da wird man nicht viel machen können. Die Hälfte des Hauses gehört Matthew. Das ist vertraglich so geregelt. Und da ich finanziell nicht in der Lage bin, ihn auszuzahlen, werde ich wohl oder übel gezwungen sein, das Café zu verkaufen. So einfach ist das.«

Bisher hatte ich diese Worte nur gedacht. Sie nun laut und deutlich aus meinem Mund zu hören, jagte mir einen Schauer über den Rücken.

Ailla nahm mich abermals in den Arm.

»Das wird nicht passieren. Hörst du? Emma, Rose, ich und du, wir finden eine Lösung, wie du dein *The Mermaid* behalten kannst. Wir wissen doch, wie viel dir das Café bedeutet.«

Bei Aillas Worten traten mir Tränen in die Augen. Diesmal jedoch vor Rührung.

Früher in der Schule war ich nie besonders beliebt gewesen. Irgendwann hatte ich meine Sachen gepackt und mich entschieden, auf Reisen zu gehen. Dabei hatte ich Matthew getroffen und mich sofort in den abenteuerlustigen Draufgänger verliebt. Seine Unbeschwertheit war wie eine Befreiung für mich gewesen. Solange wir zusammen alle Kontinente bereist hatten, waren wir ein Dreamteam gewesen.

»Wenn es doch nur wirklich so wäre. Ich weiß gar nicht, was aus mir werden soll, wenn ich das Haus hier aufgeben muss. Wohin soll ich gehen? Der Kontakt zu meinen Eltern ist vor Jahren abgebrochen. Und meine Schwester lebt inzwischen in Australien.«

Es war eine beängstigende Vorstellung, mit dem Haus, in dem man lebte und arbeitete, seine komplette Existenz zu verlieren.

»Das wird nicht passieren. Hörst du? Du musst hier nicht weg, Sarah. Wir finden einen Weg.«

Ailla betonte ihre Worte nachdrücklich. Für einen Moment war ich gewillt, ihr Glauben zu schenken. Doch dann klopften die Zweifel an meine Hintertür und waren schneller in meinen Gedanken, als ich mich dagegen wappnen konnte.

»Tut mir leid, dass ich dich mit meinen Problemen behellige. Ich weiß doch, wie viel du selbst um die Ohren hast.«

Plötzlich kam ich mir ziemlich egoistisch vor, wie ich da so auf meiner Couch saß und mich selbst bemitleidete. Es gab viele Menschen auf diesem Planeten, die hatten nicht mal ein Dach über dem Kopf für die Nacht. Ich selbst hatte jahrelang ohne festen Wohnsitz die Welt erkundet und hatte nie eine feste Bleibe gehabt.

Aber seit ich diese neue Lebensweise hier in St. Ives kannte, wollte ich sie nicht mehr aufgeben.

Der Däne würde vielleicht von hygge sprechen, um das Gefühl der Geborgenheit auszudrücken, das ich hier empfand. Ich fand die Atmosphäre einfach ziemlich cosy, urgemütlich eben.

»Wir helfen uns doch immer gegenseitig, Sarah. Und Probleme, die einer von uns zusetzen, haben wir uns noch immer untereinander erzählt. Wir sind Freundinnen. Vergiss das nicht. Okay? Außerdem ist die Winterhochzeit zum Glück ohne etwaige Schwierigkeiten über die Bühne gegangen. Das Brautpaar war happy und Jory und ich waren erleichtert. Wir haben uns aber dennoch darauf geeinigt, dass wir in nächster Zeit keine Hochzeit mehr bei uns ausrichten wollen. Das ist schon ein enormer Planungsaufwand. Zudem waren einige unserer sonstigen Gäste verstimmt, dass sie plötzlich nicht zum Afternoon Tea kommen konnten. Das sorgt für mehr böses Blut, als es etwas bringt. Und manchmal ist es auch viel besser, kleinere Brötchen zu backen. Aber dafür mit Bedacht und zu einer einmaligen Qualität.«

Aillas Worte klangen einleuchtend. Vielleicht sollte ich den großen Traum vom eigenen Café gegen eine kleinere Lösung eintauschen? Aber würde ich je wieder etwas Vergleichbares zu meinem *The Mermaid* finden?

Allein der Gedanke daran, mich von diesem Haus an der Promenade von St. Ives verabschieden zu müssen, trieb mir abermals die Tränen in die Augen.

»Hab ich was Falsches gesagt, Süße? Es tut mir so leid, wenn ich dich mit meinen Worten verletzt habe. Ich wollte nicht …«

Ich winkte ab.

»Du kannst gar nichts dafür, Ailla. Ich muss mich nur mit dem Gedanken abfinden, dass ich das Café so nicht halten kann. Vielleicht finde ich ja ein vergleichbares Haus hier in St. Ives, das ich mir auch allein leisten kann.«

Betreten sah ich zu Boden, da ich Ailla nicht in die Augen schauen konnte. Wir beide wussten, dass ich mit der Hälfte, die mir nach dem Verkauf des Cafés noch bliebe, nie und nimmer dazu in der Lage sein würde, hier etwas Passendes zu erwerben.

Dann würde ich wohl oder übel ein Ladengeschäft anmieten müssen. Irgendwie ging es doch immer weiter. Oder? Das Leben trat nie lange auf der Stelle. Plötzlich ging die Tür auf und …

»Was ist denn hier los? Matilda hat mir gesagt, dass ihr oben seid. Ich wollte mich gemütlich zu einem Kaffee bei dir im *The Mermaid* einfinden, und nun das. Was ist denn passiert, um Himmels willen?«

Liz, die ihre Stiefel offenbar im Gang ausgezogen hatte, kam in dicken Wollsocken durch das Wohnzimmer auf Ailla und mich zugeschritten. Ihren Mantel trug sie nach wie vor. Lippen und Hände wirkten bläulich verfärbt, als sie sich auf den Sessel uns gegenübersetzte und uns beide abwechselnd fragend ansah.

»Matthew will seine Anteile am Café und am Haus zurück. Er möchte nicht länger in St. Ives bleiben. Außerdem hat er …« Ailla blickte zu mir, um sich meines Einverständnisses für ihre kommenden Worte zu versichern.

Ich nickte ihr bekräftigend zu.

»Außerdem hat er eine Affäre mit Amy«, schloss sie schließlich.

Liz machte große Augen. Offenbar hatte selbst sie nichts davon mitbekommen. Was kaum vorstellbar war. Schließlich wusste Liz über alles und jeden Bescheid. So kam es mir zumindest vor. Allerdings war das Drama, das sich bisher in diesem Haus abgespielt hatte, kein Kriminalfall. Jedenfalls noch nicht.

Vielleicht sollte ich in Erwägung ziehen, Matthew aus dem Weg zu räumen. Verdient hätte es der Mistkerl. Aber Liz würde mir auf die Schliche kommen. Und ich wollte nur ungern hinter Gittern landen. Allein die Vorstellung, in einem engen Raum gefangen zu sein, trieb mir die Schweißperlen auf die Stirn. Ich musste also einen anderen Weg finden, mich an Matthew zu rächen und gleichzeitig mein Café zu erhalten. Die Frage war nur: wie?

»Mit der kleinen Amy aus dem Cricket-Team also. Na, das ist ja die Höhe. Hätte ich ihm gar nicht zugetraut. Aber viel wichtiger: Wie geht es dir dabei?«

Liz, die oft rau und unnahbar wirkte, wenn sie auf ihrem Feldzug gegen das Verbrechen war, schien sich ehrlich Sorgen um mich zu machen. Es rührte mich, zu sehen, wie viel ihr an mir lag.

»Ich weiß nicht. Es … es war irgendwie abzusehen, dass Matthew und ich uns trennen würden. Er hat schon länger mit dem Gedanken gespielt, von hier wegzugehen, während ich gerne bleiben wollte. Wir haben uns in den vergangenen Monaten mehrmals darüber gestritten. Aber dass er sich in eine Affäre flüchten würde, um mir eins auszuwischen, das hätte ich wirklich nicht von ihm erwartet.«

Liz nickte verstehend.

»Wenn du möchtest, könnte ich dem Kerl die Hölle ein wenig heißmachen. Ich meine, nach wie vor ist es unklar, wer hinter dem Raubüberfall auf die Bank steht. Die Indizienlage ist mehr als schwierig. Und aus den Zeugenaussagen, die bisher eingegangen sind, ist nur wenig Substanzielles herauszuholen. Es wäre also überhaupt kein Problem, hie und da ein paar Andeutungen zu machen und die Polizei auf die vermeintlich richtige Fährte zu locken.«

Liz lehnte sich in ihrem Sessel zurück und hielt den Augenkontakt zu mir, während ich nicht so recht wusste, was ich auf dieses Angebot erwidern sollte.

Auf der einen Seite hätte ich am liebsten einen Auftragskiller engagiert, der Matthew um die Ecke brachte. Doch auf der anderen Seite war ich mir hinreichend dessen bewusst, dass ich meine Probleme nicht auf diese Weise lösen konnte. Auch wenn ich für den Bruchteil einer Sekunde wahrlich mit mir gehadert hatte. Verdient hätte es der Mistkerl allemal. Und Liz hätte bestimmt auch ihre Freude daran gehabt, ihm eins auszuwischen.

Allerdings wollte ich nicht, dass Liz nachgesagt wurde, sie hätte schlecht ermittelt. Genau das würde der Fall sein, wenn sie der Polizei sagen würde, sie hätte Matthew in Verdacht, den Überfall getätigt zu haben. Zwar stand zu befürchten, dass die hiesigen Polizisten, die sich mitunter bei den Ermittlungen vermeintlicher Verbrechen sehr schwertaten, gar nicht ermitteln würden, dass er nicht schuldig war. Aber das war eine andere Geschichte.

»Das ist sehr lieb von dir, Liz. Ehrlich! Allerdings wissen wir beide, dass das nicht richtig wäre. Auch wenn ich dein Angebot wirklich zu schätzen weiß. Das vergesse ich dir nie.«

Liz lächelte ein wenig verlegen.

»Was können wir dann tun?«, fragte Ailla neben mir, die ratlos ihre Hände zu kneten begann.

Ich zuckte mit den Achseln.

»Bisher habe ich keinen blassen Schimmer, was ich in dieser Angelegenheit unternehmen könnte. Finanziell sind mir durch die Anschaffungen hier im Café die Hände gebunden. Wenn ich gewusst hätte, dass Matthew eines Tages seinen Anteil aus dem *The Mermaid* zurückfordern würde, hätte ich mehr zur Seite gelegt, anstatt in die Ausstattung der Küche und neue Möbel im Café zu investieren. Aber hätte, wäre, wenn – Entscheidungen aus der Vergangenheit infrage zu stellen, hilft mir an dieser Stelle auch nicht weiter. Es muss eine andere Lösung her.«

Liz nickte mir beipflichtend zu.

»Und die finden wir auch. Mach dir darüber mal keine Sorgen! Wir lassen dich nicht einfach weiterziehen. Das kannst du so was von vergessen. Hab ich nicht recht, Ailla?«

»Absolut. Wo soll ich denn die leckersten Churros, die ich je gegessen habe, herbekommen, wenn du weggehst? Gar nicht erst zu sprechen von deinen Plätzchen. Ich sterbe für die Vanillekipferl. Allein beim Gedanken daran läuft mir schon wieder das Wasser im Mund zusammen. Du hast nicht zufällig noch ein paar Reste von Weihnachten übrig? Nur so zwei bis drei Kilo?«

Bei Aillas Worten musste ich lachen.

»Nicht direkt. Aber ich könnte ja auch im Januar mal wieder welche backen. Es ist immer noch Plätzchen- und Teezeit, finde ich, solange es so nasskalt und trüb draußen ist. Was meint ihr?«

»Unbedingt«, erwiderte Liz.

»Absolut deiner Meinung«, stimmte auch Ailla zu.

»Wisst ihr eigentlich, wie lieb ich euch habe? Das klingt vielleicht abgedroschen und ziemlich kitschig, aber ihr seid meine Familie. Und ich will mich nicht von hier vertreiben lassen.«

Mein Kampfgeist war geweckt. Niemand, nicht einmal Matthew, würde es gelingen, einen Keil zwischen mich und die Mädels von der Promenade zu treiben.

Kapitel 10

Jago

»Willst du nicht erst mal bei uns einziehen? George und ich sind allein, und wir haben oben noch ein Gästezimmer, das kaum genutzt wird. Was hältst du von dem Vorschlag? Dann könntest du ganz in Ruhe auf die Suche nach etwas Passendem für dich gehen, und ich hätte jemanden, für den ich backen kann. Win, win für uns beide, wie die jungen Leute heute so schön sagen. Was meinst du?«

Mrs Fisher war eine Seele von Mensch. Und ihr Walnuss-Schokoladen-Kuchen ein Gedicht. Er schmeckte noch immer wie in meiner Kindheit und hüllte mich augenblicklich mit dem guten Gefühl ein, hier sicher und geborgen zu sein.

»Mrs Fisher, das ist wirklich sehr großzügig, aber ich kann das Angebot nicht annehmen. Ich möchte Ihnen und Ihrem Mann nicht zur Last fallen.«

Doch Mrs Fisher winkte ab.

»Ach, Jago, mein guter Junge, du würdest uns nie zur Last fallen. George hat selbst den Vorschlag gemacht, dich bei uns aufzunehmen.«

Dann rückte sie ein wenig näher und senkte die Stimme, als könnten wir in ihrem heimischen Esszimmer belauscht werden.

»George hat mir vor ein paar Tagen ein unglaubliches Geschenk gemacht. Du musst wissen, als wir damals heirateten, waren wir arm wie Kirchenmäuse. Unsere Eltern waren nicht besonders wohlhabend, und George hatte gerade erst seinen Job bei der Stadtverwaltung aufgenommen, ich selbst befand mich noch im Studium. Flitterwochen waren damals der neueste Schrei, allerdings waren wir nicht in der Lage, uns welche zu leisten. Dann haben wir beide ganz gut verdient, waren aber zeitlich so eingespannt, und das Cottage bedurfte fortlaufender Reparaturen.« Mrs Fisher schüttelte den Kopf. »Wenn wir damals beim Kauf gewusst hätten, wie viel Geld wir für die Dachsanierung, die neue Heizung und die Fenster benötigen würden, hätten wir uns vielleicht für eine kleine Wohnung entschieden. Tja.«

Sie schien in Gedanken in die Vergangenheit gereist zu sein.

»Nun, was ich dir eigentlich erzählen wollte: George hat mir eröffnet, dass wir nun genug Geld beisammenhätten, um unsere Weltreise zu machen. Davon haben wir immer geträumt. Nur ist uns das Geld im Alter auch wieder knapp geworden. Wir mussten lange sparen. Aber jetzt ist es endlich so weit.«

Sie juchzte voller Freude auf. Ihr Gesicht strahlte dabei so glücklich wie vermutlich auch an ihrem Hochzeitstag.

»Das sind ja sehr schöne Neuigkeiten, Mrs Fisher. Es freut mich sehr für Sie und Ihren Mann.«

»Danke, mein Junge. In zehn Tagen soll es schon losgehen. Und George und ich, wir sind der Meinung, dass es gut wäre, wenn jemand in unserer Abwesenheit auf das Haus aufpassen würde. Du siehst also, es ist reiner Eigennutz, dass wir dich bitten, bei uns einzuziehen.«

Sie zwinkerte mir verschwörerisch zu und reichte mir dabei ein weiteres Stück Kuchen.

Wie konnte ich diese charmante Bitte nun noch ausschlagen, ohne unhöflich zu wirken?

Ohnehin war das B&B zwar eine ganz gute Zwischenlösung gewesen, allerdings war ich seit ein paar Tagen auf der Suche nach etwas Langfristigem. So einfach, wie ich es mir vorgestellt hatte, war es allerdings leider nicht. Bisher hatte ich nur eine Wohnung gefunden, die in mein Budget passen würde. Allerdings lag diese weit außerhalb der Altstadt oben auf dem Berg von St. Ives. Und ich wäre viel lieber näher am Geschehen gewesen. An den Menschen, dem Meer, dem Strand und der Promenade.

»Wenn das so ist, dann kann ich wohl schlecht Nein sagen.«

Mrs Fisher lächelte zufrieden und schenkte mir noch von dem schwarzen Tee nach, dessen Aroma neben dem Walnuss-Schoko-Kuchen den ganzen Raum einnahm.

»Das ist ausgesprochen lieb von dir, mein Junge. Wir sind dir wirklich sehr dankbar dafür. Ich hatte George schon gebeten, einen Haussitter für das Cottage zu besorgen, nachdem die Bank erst vor wenigen Tagen überfallen wurde. Schrecklich ist das! Selbst in St. Ives ist nichts mehr sicher. Das Böse lauert an jeder Ecke. Bis der Kerl nicht geschnappt wurde, mache ich nachts kein Auge zu.«

Mrs Fishers schien ehrlich bestürzt, ja regelrecht verängstigt angesichts der jüngsten Ereignisse in dem kleinen Küstenörtchen.

Im ersten Moment musste ich wieder daran denken, wie Liz mir unterstellt hatte, für den Überfall verantwortlich zu sein. Ihre Annahme hatte mich schwer gekränkt, gleichzeitig war ich allerdings so irritiert darüber gewesen, dass es mir schwergefallen war, Liz mit aller Deutlichkeit zu sagen, wie unverschämt ihre Vermutung war.

»Gibt es denn schon eine heiße Spur? Weiß man, wer dahinterstecken könnte?«, hakte ich nach.

Denn mittlerweile schien mich der Fall nicht mehr loszulassen. Erst das Verdachtsmoment gegen mich, und nun sollte ich auf das Haus von Mr und Mrs Fisher achtgeben, damit der Verbrecher es nicht auch noch ausrauben konnte.

Mit besonders viel Bargeld und Schmuck war hier sicher nicht zu rechnen, aber ein zeitweise verwaistes Haus lockte natürlich jeden an, der sein Glück versuchen wollte. Gelegenheit machte Diebe, hieß es so schön. Und ich wollte nicht dafür verantwortlich sein, dass dies bei den Fishers der Fall war.

Mrs Fisher schüttelte energisch den Kopf.

»Leider nein. Die Polizei tappt wie immer im Dunkeln, und Liz, die Einzige, die hier bei uns für Recht und Ordnung sorgt, weiß auch noch nicht so recht, wie sie dem Täter auf die Spur kommen soll. Er trug nämlich eine schwarze Skimaske bei dem Überfall. Alles ganz klassisch, so, wie man es aus den Krimiserien im Fernsehen kennt.«

Hörte ich da eine gewisse Sensationslust aus Mrs Fishers Worten heraus?

»Dann kann man nur hoffen, dass sie ihm schnell auf die Spur kommt, bevor er wieder zuschlagen kann«, rutschte es mir heraus.

Augenblicklich verfinsterte sich Mrs Fishers Miene bei meinen Worten.

»O Gott! Ja, du hast recht, Jago. Schreckliche Vorstellung! Aber wir müssen uns wohl oder übel mit der Tatsache auseinandersetzen, dass wir hier nicht mehr in einer Art geschützter Blase leben. Das kriminelle Pack macht nicht mehr vor uns Halt. Besorgniserregend ist diese Entwicklung, wenn du mich fragst. Aber ich hoffe nach wie vor, dass Liz dem Gauner ein Schnippchen schlägt und wir bald wieder ruhig und sicher schlafen können.«

Mrs Fisher lächelte aufmunternd und tätschelte mir dabei die Hand, als gelte es, mich zu beruhigen.

»Was hast du denn jetzt vor? Hast du schon Pläne geschmiedet?«

Abgesehen von dem Haussitterauftrag gab es bislang keine berufliche Perspektive für mich. Aber vielleicht ging ich auch etwas zu streng mit mir ins Gericht. In den letzten zwei Jahren hatte ich kaum Urlaub gemacht. Was, wenn nun die Zeit gekommen war, den Gang ein wenig zurückzuschalten und erst mal alle Möglichkeiten auszuloten? Auf einen Versuch kam es an. Und ein warmes Dach über dem Kopf hatte ich nun ja auch.

»Ich sehe mich nach potenziellen Jobs um. Allerdings war da noch nichts Passendes dabei.«

»Man munkelt, dass das Café *The Mermaid* an der Promenade geschlossen werden muss. Das wäre sicher ein schönes Büro für dich. Und in der oberen Etage gibt es eine Wohnung, in die du direkt einziehen könntest.«

Bei Mrs Fishers Worten wurde ich hellhörig.

»Das Café wird geschlossen? Aber warum das denn? Es schien mir sehr gut zu laufen. Und der Kaffee dort ist wirklich ausgezeichnet. Obwohl ich natürlich viel lieber Tee trinke.«

Mrs Fisher lachte.

»Schon gut, mein Junge. Ein ordentlich zubereiteter Kaffee ist an so manchem Tag eine Wohltat, auch wenn er das Herz nie mit so einer Wärme füllen wird wie ein besonderer Tee. Aber genug davon. Das Paar, das das Café betreibt, hat sich getrennt. Nun muss Sarah ihren Ex-Partner ausbezahlen. Dafür fehlt ihr allerdings das Geld. Sie wird das Haus also aufgeben müssen. Liz hat mir davon erzählt. Sie überlegt, wie sie Sarah helfen kann. Die Frauen von der Promenade halten alle zusammen, musst du wissen. Und Liz ist schon fast eine von ihnen, so oft, wie sie bei ihnen ein und aus geht. Ailla, Rose, Emma und Sarah sind wie die Töchter, die sie nie hatte. Ich kann das, glaube ich, ganz gut beurteilen, weil ich selbst keine eigenen Kinder habe und oftmals meinen Schülern gegenüber dieses Gefühl verspürt habe.«

Mrs Fisher brauchte mir gar nicht erst zu erklären, wen sie damit meinte. Ich wusste es bereits. Und ich war ihr dankbar dafür.

»Vielleicht sollte ich mir das Haus mal mit der Überlegung ansehen, dort ein Ingenieurbüro einzurichten. Das ist wirklich ein guter Tipp, Mrs Fisher. Womöglich ist es allmählich an der Zeit, dass ich mich mit einem eigenen Planungsbüro selbstständig mache. Erfahrung habe ich in der Zwischenzeit genügend gesammelt.«

»Das klingt doch nach einer guten Perspektive. Und Sarah ist dir sicher sehr dankbar für deine Hilfe, auch wenn das bedeutet, dass sie dann aus dem Café rausmuss. Auf diese Weise kann sie zumindest eine andere Location anmieten und dort ihr Café führen. Es wird sich schon für alle eine gute Lösung finden lassen. Da bin ich mir ganz sicher. So, und nun: Lass dir deinen Kuchen schmecken! Der Tee ist sicher auch schon kalt.«

Während ich den nächsten Bissen zum Mund führte, dachte ich über Mrs Fishers Worte nach, dann entschied ich mich, mir selbst ein Bild der Lage zu machen. Am besten gleich nach meiner kleinen Teestunde bei Mrs Fisher. Denn für den Rest des Tages hatte ich keine weiteren Pläne. Was wäre also naheliegender, als die eigene Zukunft in die Hände zu nehmen und dabei noch etwas Gutes zu tun?

Kapitel 11

Sarah

»Aber doch kein Franchisegeber! Matthew, bist du denn jetzt von allen guten Geistern verlassen? Du weißt, wie sehr ich diese Billigketten verabscheue, die den Teigen nicht genug Ruhe geben, um zu reifen, und nur auf Dumpingpreise und minderwertige Qualität setzen. Wie kannst du mir nur den Vorschlag unterbreiten, wir sollten unsere Anteile an so einen Halsabschneider verkaufen?«

Matthew seufzte, während er ein paar Bücher aus dem Regal nahm, in dem bis vor Kurzem noch unsere Bücher standen. Jetzt waren es seine und meine. Und sie mussten unbedingt voneinander getrennt werden. Am besten sofort. Wie der Rest der Möbel, Klamotten und Erinnerungen.

Auch wenn ich es zu diesem Zeitpunkt nie zugegeben hätte, war ich enorm dankbar dafür, dass Matthew mir einen Grund lieferte, ihn zu hassen. Nicht nur wegen Amy, sondern nun auch wegen des Angebots dieses windigen Kerls, der uns einen Bruchteil dessen zukommen lassen wollte, was das Haus wert war, wenn wir auf *The Mermaid* verzichten würden.

»Sarah, ich weiß gar nicht, weshalb du dich jetzt so aufregst. Es ist alles gesagt. Ich will meinen Anteil, und du bist aktuell nicht in der Lage dazu, mich auszubezahlen. Richtig?«

Anstatt weiter im Regal auf die Suche nach seinen Büchern zu gehen, hielt Matthew in der Bewegung inne und sah mich so durchdringend an, dass ich für einen Moment versucht war, mich wieder an die schönen Zeiten mit ihm zu erinnern.

Doch das waren nichts weiter als Trugbilder meiner Erinnerung. Vielleicht hatten sie so nie wirklich stattgefunden. Alles eingebildet und erfunden. Und nun hatte ich den Salat und musste zusehen, wie ich darüber hinwegkam.

»Richtig«, antwortete ich zähneknirschend und pfefferte dabei einen seiner Science-Fiction-Romane, den ich auf keinen Fall behalten wollte, in den Karton.

Außerirdische, die die Welt angriffen und sie in Schutt und Asche legten, brauchte ich nicht auch noch. Matthew hatte es ganz allein geschafft, meine heile Welt zu zertrümmern.

»Sarah, es ist für uns beide das Beste, wenn wir dieses Kapitel hinter uns lassen.«

Matthew näherte sich mir. Jeden Moment würde er seine Hände auf meine Arme legen.

»Wage es ja nicht, mich anzufassen!«, fauchte ich wie ein Stubentiger, den man vergessen hatte zu füttern.

Matthew wich zurück und strich sich mit der einen Hand durchs Haar. Offenbar fühlte er sich nicht ganz wohl in seiner Haut. Willkommen im Club! Damit waren wir schon zu zweit.

»Es ist die einzige Option, Sarah. Und das weißt du auch. Schließlich kennen wir den Kontostand des Cafés. Es läuft gut, aber es frisst alles an Ersparnissen, die wir in den letzten Jahren angesammelt haben. Du weißt das. Ich weiß das. So langsam ist es an der Zeit, es sich einzugestehen. Flynn hat eine Lösung für uns, die es uns beiden ermöglicht, noch mal von vorne zu beginnen. Ein Neuanfang.«

»Flynn also«, erwiderte ich und verzog angewidert das Gesicht.

»Komm schon, Sarah!«, blieb er beharrlich. »Eine Unterschrift, und du bist all deine Probleme los.«

Nun reichte es mir.

»Mein einziges Problem bist du, Matthew. Ohne dich stünde ich jetzt unten in meiner Backstube und würde mich auf den Termin mit dem Hochzeitspaar vorbereiten, das in knapp einer Stunde hier sein wird, um sich eine Torte für den schönsten Tag in ihrem Leben auszusuchen. Wohlgemerkt den schönsten Tag im Leben, den ich sehr gerne mit dir erlebt hätte. Aber da du nun mit Amy dein Glück gefunden hast, wird daraus offenbar nichts mehr. Was nicht heißt, dass ich dich je wieder auch nur mit der Kneifzange anfassen würde.«

Matthew zog die Brauen bis zum Haaransatz nach oben.

»Sarah, das eine hat doch mit dem anderen überhaupt nichts zu tun. Du weißt selbst, dass wir uns auseinandergelebt haben. Wir hatten unsere Zeit, und die ist jetzt vorüber. C'est la vie! Dafür sind weder Amy noch Flynn verantwortlich. Das haben wir uns selbst zuzuschreiben.«

»Ich habe dir deine Freiheiten gelassen und hätte dir sogar vorgeschlagen, für einige Monate allein zu verreisen. Nur, weil ich nicht wegwollte, heißt das ja noch lange nicht, dass du auch in St. Ives bleiben musst.«

Matthew stutzte für einen Augenblick, wirkte regelrecht aus der Fassung gebracht. Dann schüttelte er sich leicht.

»Hätte, wäre, wenn … Du weißt so gut wie ich, dass es keine Zukunft mehr für uns gibt. Jetzt müssen wir zusehen, dass jeder von uns möglichst unbeschadet aus der ganzen Sache herauskommt.«

Matthew so abgeklärt über unsere Beziehung sprechen zu hören, war mehr, als ich auf nüchternen

Magen vertragen konnte. Nach fünf Jahren gemeinsamer Zeit war das, was wir hatten, also nicht mehr als eine leidige Angelegenheit für ihn. Mir schnürte es bei dem Gedanken die Kehle zu. Dennoch kämpfte ich gegen die Tränen an, die sich in meinen Augen sammelten. Ich würde mir unter gar keinen Umständen die Blöße geben und vor diesem Idioten anfangen zu weinen. Das würde nicht passieren. Heute nicht. Morgen nicht. Nie mehr.

»Du meinst, wie *du* unbeschadet aus der Sache rauskommst.«

In all den Jahren, die ich Matthew nun kannte, hatte ich nie bemerkt, wie selbstsüchtig dieser Mann war. Sein Wohl ging ihm über alles. Vielleicht war das schon immer so gewesen und ich hatte es nur nicht wahrhaben wollen.

Oftmals hatte man in einer Beziehung die rosarote Brille auf, sah über Dinge hinweg, die eigentlich störten, und freute sich über Kleinigkeiten, die selbstverständlich sein sollten. Es war hart, sich der Realität zu stellen. Und es war hart, sich einzugestehen, diesen Mann je geliebt zu haben.

»Unterschreibst du jetzt, oder was?«

Matthew schien allmählich der Geduldsfaden zu reißen. Gut so. Seine coole, herablassende Art hatte mich ohnehin bereits auf die Palme gebracht.

Entnervt warf er eines seiner Lieblingsbücher in den Karton und sah mich dabei mit vor Wut funkelnden Augen an.

Es war offensichtlich, dass er von mir erwartete, mein eigenes Todesurteil zu unterschreiben.

Stattdessen pfefferte ich ihm ein »Darauf kannst du lange warten« entgegen und ging schnurstracks aus dem Wohnzimmer in Richtung Flur, die Treppe hinunter ins Café, um mich in meiner Backstube zu verschanzen.

Denn noch war das hier mein Café. Noch würde ich hier das tun, was ich liebte. Und ich würde das Hochzeitspaar nicht enttäuschen, das sich dazu entschieden hatte, zu ihrem großen Tag eine Torte von mir kreieren zu lassen. Ich würde das Vertrauen, das sie in mich setzten, nicht zerstören.

»Ich habe gehört, das Haus soll verkauft werden«, sagte eine Männerstimme in meinem Rücken.

Ich wandte mich um.

»Wie bitte?«, fragte ich ungläubig, als ich unvermittelt in Jagos helle Augen blickte.

»Dieses Haus hier. Es soll doch verkauft werden. Ich hätte Interesse, da ich mich gerne als Ingenieur in St. Ives niederlassen würde.«

Ein Lächeln zauberte sich auf seine Lippen, während jede Faser meines Körpers zu beben begann.

»Das hier ist mein Café. Es wird nicht verkauft. Heute nicht. Morgen nicht. Nie. Haben wir uns da verstanden?«

Die Wut, die sich im Gespräch mit Matthew aufgebaut hatte, ließ ich nun ungefiltert an meinem Gegenüber aus. Was einerseits ziemlich gemein war. Andererseits hätte er mich aber auch nicht auf den Verkauf des Cafés ansprechen dürfen. Das war meine ganz persönliche Achilles-Ferse.

»Entschuldigung, ich dachte nur …«

Das Lächeln erstarb auf seinen Lippen. Das Leuchten in seinen Augen erlosch.

Schon tat es mir leid, dass ich ihn so angegangen war. Jago hatte es nicht verdient, in dieser Situation als Prellbock herhalten zu müssen. Schließlich hatte er mich vor ein paar Tagen erst vor Matthew beschützt. Das war nicht fair von mir. Also ruderte ich zurück.

»Nein, mir tut es leid. Es ist gerade … kompliziert. Ich … Falls sich etwas an der Situation verändern sollte, sage ich gerne Bescheid.«

Jago zog ein wenig verunsichert einen Zettel aus seiner Hosentasche.

»Hier ist meine Handynummer.«

Als er mir das Stück Papier überreichte, berührten sich unsere Hände nur für den Bruchteil einer Sekunde.

Und dennoch hatte ich das Gefühl, etwas wäre in diesem Augenblick mit mir geschehen.

Auch Jago sah verunsichert erst auf seine Hand und dann in mein Gesicht.

»Ich melde mich«, versprach ich und nahm den Zettel an mich.

»Dann bis bald«, erwiderte er und hob die Hand zum Abschied, ehe er sich von dannen machte.

»War das nicht schon wieder der Kerl, der sich bei uns eingemischt hat? Hast du was mit dem?«

Matthew deutete in Jagos Richtung.

Allein die Tatsache, dass er mir so kurz nach unserer Trennung eine Affäre mit einem Mann zutraute, brachte mich abermals auf die Palme.

»Jago ist ein sehr netter Mensch, der sich erkundigt hat, wie es mir geht«, log ich.

»Der will doch nur eins von dir. Das sieht man sofort.«

Ich zuckte mit den Achseln und gab mich betont lässig.

»Na, und wenn dem so wäre? Du hast ja offensichtlich das Interesse an mir verloren. Meinst du etwa, das geht jetzt allen Männern auf diesem Planeten so?«

Matthew hob abwehrend die Hände in die Höhe.

»Ich wollte doch nur sagen, dass du dich vor dem in Acht nehmen sollst. Er sieht wie ein waschechter Herzensbrecher aus. Ich will dir nur den Kummer ersparen.«

Prüfend besah ich mir Matthew von allen Seiten.

Verunsichert strich er mit der Hand übers Gesicht.

»Habe ich da was kleben oder warum siehst du mich plötzlich so an?«

»Ich habe nachgesehen, ob er in irgendeiner Hinsicht Ähnlichkeit mit dir hat, dem einzigen Herzensbrecher, den ich hier kenne. Ich bin jedoch zu der Erkenntnis gekommen, dass ihr nicht unterschiedlicher sein könntet. Und jetzt entschuldige mich, Matthew. Ich habe zu tun.«

Damit ließ ich ihn mit offen stehendem Mund zurück und ging geradewegs in die Backstube.

Kapitel 12

Jago

Das war dann wohl ein Satz mit X gewesen. Während ich zum B&B lief, um meine Sachen zusammenzupacken, um bei den Fishers einzuziehen, machte ich mir Gedanken darüber, warum das Gespräch mit Sarah derart schiefgelaufen war.

Vielleicht hatte sich Mrs Fisher getäuscht und das Café stand gar nicht zum Verkauf. Genau das hatte mir Sarah ja überdeutlich versichert. Andererseits würde meine ehemalige Lehrerin mit einer solchen Nachricht nicht hausieren gehen, wenn sie sich nicht sicher wäre, dass es der Wahrheit entsprach.

Gut möglich, dass Liz etwas falsch verstanden hatte. Oder aber Sarah hatte mich deshalb so abweisend behandelt, da sie sich nicht mit der Tatsache abfinden wollte, das Café aufzugeben. Offenbar stand dieser Entschluss für sie noch nicht fest. Die Hoffnung, die ich von ihren Augen hatte ablesen können, sprach Bände. Und ich war ein Narr gewesen, als ich glaubte, ich würde sie durch einen Kauf des Cafés von meinen guten Absichten überzeugen können.

»Mensch, Jago, jetzt sehen wir uns schon zum zweiten Mal in kürzester Zeit.«

Lachend kam Liz auf mich zu und klopfte mir auf die Schulter.

Meine Wiedersehensfreude hielt sich dagegen in Grenzen.

»Wenn du nach wie vor der Ansicht bist, ich könnte dein Bankräuber sein, dann muss ich dich enttäuschen. Es hat sich nichts an der Tatsache verändert, dass ich es nicht war.«

Der Wind heulte durch die Gassen des alten Fischerdörfchens. Flankiert wurde er vom Rauschen des Meers, das mich heute an ein Donnergrollen erinnerte. Es war ein Fehler gewesen, überhaupt einen Fuß vor die Haustür zu setzen. Das wusste ich jetzt auch.

»Na, na, na, wer wird denn gleich so nachtragend sein? Ich dachte immer, du hättest Sinn für Humor, lieber Jago«, entgegnete Liz und blieb dabei unbeirrt vor mir stehen.

Offenbar machte ihr der Wind nichts aus, während ich mich am liebsten ins nächste Haus geflüchtet hätte. Die Kälte fühlte sich auf meinen Wangen wie lauter kleine Nadelstiche an. Meine Ohren und die Nase konnte ich kaum noch spüren. Von meinen Fingern und Zehen gar nicht erst zu sprechen.

»Ich habe Sinn für Humor. Aber die Unterstellung, ein Räuber zu sein, finde ich nicht sonderlich lustig. Das ist alles.«

Liz klopfte mir abermals auf die Schulter.

»Gut, in dem Punkt gebe ich dir recht. Tut mir leid, wenn ich dich gekränkt habe. Aber du musst zugeben, dass du es gut hättest sein können. Schließlich will Margareth einen attraktiven, hochgewachsenen, breitschultrigen jungen Mann aus der Bank kommen gesehen haben. Die Beschreibung passt auf dich. Findest du nicht auch? Es war also nur das Naheliegendste, dass ich dich bei unserer ersten Begegnung in Verdacht hatte. Das darfst du mir nicht übel nehmen, mein Junge. Das bringt der Job eben so mit sich. Wenn ich meine Augen nicht immer und überall offen hätte, dann wäre so manches Verbrechen hier in St. Ives unentdeckt geblieben. Und glaube mir, in Sachen Bankraub wird mir das ganz sicher nicht passieren. Das schwöre ich dir.«

Verständnis konnte ich inzwischen für Liz aufbringen. Dennoch fand ich es nicht sonderlich nett von ihr, ausgerechnet mich zu verdächtigen. Auch wenn ich offenbar sehr wohl ins Täterprofil passte.

»Schwamm drüber«, erwiderte ich schließlich, um die leidige Angelegenheit abzukürzen und schnellstmöglich ins Warme zu kommen.

Das Taubheitsgefühl in meinen Beinen zog Millimeter für Millimeter an mir empor. Nicht mehr lange und ich wäre ein Eisklotz.

»Das klingt vernünftig.«

Damit wollte sich Liz schon von mir verabschieden. Doch dann kam mir noch ein Gedanke.

»Hast du Mrs Fisher erzählt, dass Sarah ihr Café verkaufen möchte?«

Liz stutzte.

»Von Wollen kann gar keine Rede sein. Sie muss es vielmehr, da ihr Ex seinen Anteil an dem Cottage haben möchte. Es ist ein Jammer! Sarah bietet die besten Churros weit und breit an. Von ihren Vanillekipferln gar nicht erst zu sprechen.«

Liz seufzte.

»Dann hat sie nicht das Geld, ihn auszubezahlen?«, schlussfolgerte ich.

Liz nickte.

»So ist es.«

Nun setzten sich die einzelnen Puzzleteile in meinem Kopf Stück für Stück zusammen.

»Ich verstehe.«

»Hast du denn Interesse an der Immobilie?«, fragte Liz, die offenbar bemerkte, dass ich mir darüber Gedanken machte.

»Ich war eben bei Sarah und bin eiskalt bei ihr abgeblitzt. Ich dachte, sie würde das Haus aus freien Stücken aufgeben. Was mich, ehrlich gesagt, durchaus verwundert hat. Sie scheint das Café und ihre Arbeit sehr zu mögen.«

Mit dieser Feststellung lehnte ich mich weit aus dem Fenster. Schließlich hatte ich Sarah nur dreimal kurz gesehen. Dabei gleich derartige Schlüsse zu ziehen, war vielleicht etwas blauäugig.

Mann, du bist bis über beide Ohren in die Kleine verknallt, Alter, wetterte meine innere Stimme und lachte sich dann scheckig.

»Sarah liebt ihr Café. Sie will es nicht aufgeben. Sie wehrt sich wie eine Löwin mit Händen und Füßen dagegen. Allerdings befürchte ich, dass das alles nichts nützen wird. Matthew ist rein rechtlich auf der sicheren Seite. Ihm steht die Hälfte von allem zu. Und Sarah hat nun mal nicht das nötige Kleingeld, um ihn auszubezahlen. So einfach ist das.«

Liz klang resigniert. Ganz so, als hätte sie diesen Gedankengang schon ein ums andere Mal durchgespielt und wäre dabei nie auf ein anderes Ergebnis gekommen.

»Die Situation klingt verfahren«, fasste ich zusammen.

Liz nickte.

»Allerdings. Wenn sich nicht doch noch ein Wunder auftut oder Matthew sich plötzlich anders entscheidet, dann wird es das *The Mermaid*, so wie wir es kennen und lieben, nicht mehr geben. Ein grauenvoller Tag wird das sein, wenn sich die Türen für immer schließen. Ich mag gar nicht daran denken. Wo bekomme ich denn dann meine Vanillekipferl her? Und was wird aus Sarah?«

Das Thema schien Liz sehr nahezugehen.

»Gibt es da denn gar keine Hoffnung?«

Liz wollte erst verneinen, sah mich dann jedoch durchdringend an.

»Was wolltest du denn mit dem Cottage anfangen, wenn ich fragen darf?«

Ein Blitzen war in Liz' Augen zu erkennen.

»Ich hatte daran gedacht, hier in St. Ives sesshaft zu werden. Das Cottage meiner Mum wurde ja verkauft. Deshalb bin ich auf der Suche nach Räumlichkeiten, in denen ich mein Ingenieurbüro eröffnen kann.«

Liz legte ihren Kopf ein wenig schief.

»Du bist Ingenieur? So mit Studium und allem Drum und Dran?«, fragte sie ungläubig.

»Ja, das kann man wohl so sagen. Ich bin studierter Ingenieur für Gebäudetechnik und habe meinen Master an der University of London gemacht.«

Liz gab einen lauten und gleichzeitig anerkennenden Pfiff von sich.

»Das hätte ich dir gar nicht zugetraut, mein Lieber. Alle Achtung! Aus dir ist wirklich etwas geworden.«

Ich kämpfte mit allen Mitteln dagegen, mir die Freude über ihre Worte nicht anmerken zu lassen. Schließlich wollte ich nicht mehr an dem Jungen gemessen werden, der kaum schreiben und lesen konnte. Darüber war ich hinweg. Ich hatte mich weiterentwickelt und meinen Weg gemacht. Auch wenn die meisten Menschen, die ich aus meiner Kindheit kannte, mich auf diesem Weg nicht begleitet hatten, hieß das noch lange nicht, dass sie zwischen dem Jungen von einst und dem Mann von heute direkte Schlüsse ziehen konnten.

»Wenn sonst nichts ist …«, sagte ich und wollte mich schon von Liz verabschieden.

Die Kälte war mir bereits bis in den entlegensten Winkel meines Körpers gekrochen. Jeden Moment würde sie mein Herz einnehmen. Und dann würde mich nur noch ein Kuss aus reiner Liebe retten können. So hieß es zumindest in einem dieser Disney-Klassiker, von dem mir der Name entfallen war.

»Warte!«

Liz packte mich beim Arm, noch ehe ich auch nur einen Fuß vor den anderen setzen konnte.

»So ein Ingenieur braucht ja nicht so viel Platz. Richtig? Was ist mit der Wohnung darüber? Brauchst du die auch?«

Ich wusste zwar nicht, warum Liz mir plötzlich all diese Fragen stellte. Aber wenn sie mich losließ, nachdem ich ihr diese beantwortet hätte, wollte ich ihr den Gefallen gerne tun. Schließlich war es, wie bereits mehrfach erwähnt, arschkalt.

»Ein Raum würde reichen. Und wohnen werde ich erst mal bei den Fishers. Die sind demnächst auf einer Weltreise und haben mich gebeten, während dieser Zeit ein Auge auf ihr Haus zu haben. Die halten mich nämlich, im Gegensatz zu dir, nicht für einen Bankräuber, sondern für einen ehrbaren Bürger.«

Diesen Seitenhieb auf Liz konnte ich mir einfach nicht verkneifen.

»Ist ja schon gut, mein Junge. Ich hab's verstanden. Es kommt auch nie wieder vor, dass ich dich für ein Verbrechen verantwortlich mache. Versprochen!«

Dabei hob sie ihre rechte Hand zum Schwur.

»Wenn das geklärt wäre, dann kann ich ja jetzt …«

Doch noch ehe ich mich in Bewegung setzen konnte, bedeutete Liz mir abermals, noch einen Augenblick zu warten.

Ich hatte die Arme um den Oberkörper geschlungen und trampelte auf der Stelle herum, um meine Füße wieder zum Leben zu erwecken. So langsam, aber sicher wurde ich ungeduldig. Schließlich hatte ich Liz alles gesagt, was sie hören wollte. Und das, obwohl sie mich für einen Kriminellen hielt. Denn so ganz glaubte ich noch nicht an ihren Sinneswandel.

»Was wärst du denn bereit, für ein Ingenieurbüro an der Promenade von St. Ives auszugeben? Die Lage ist ja unbezahlbar. Denk nur an die Laufkundschaft«, gab Liz zu bedenken.

Ich wollte erwidern, dass ein Ingenieur selten mit Laufkundschaft zu tun hatte. Die meisten Interessenten vereinbarten Termine. Schließlich war ich kein Einzelhändler, der in seinem Schaufenster Dinge wie Staubsauger, Kerzen und Servietten anpries, die man mal eben nach dem Feierabend mitnahm.

Aber ich verkniff mir meinen Einwand, um die Angelegenheit endlich über die Bühne zu bringen. Eine Grundsatzdiskussion war sicher nicht besonders förderlich, wenn man dringend ins Warme wollte. Ganz im Gegenteil.

»Ich habe ein wenig angespart. Man würde sich sicher auf einen Betrag einigen können.«

Keine Ahnung, warum mir Liz all diese Fragen stellte. Schließlich hatte Sarah nicht den Eindruck gemacht, als hätte sie Interesse daran, auch nur ein einziges Zimmer ihrer Räumlichkeiten aufzugeben.

Da ich allerdings wusste, wie anstrengend Liz werden konnte, wenn man ihr nicht bereitwillig Auskunft darüber gab, was sie hören wollte, antwortete ich artig und dachte mir meinen Teil dabei.

»Das hört sich gut an. Das hört sich sogar sehr gut an. Tschüss, mein Junge, ich muss los. Ich halte dich auf dem Laufenden«, rief sie mir noch nach, während sie wie von der Tarantel gestochen losrannte.

Im ersten Moment war ich so verdutzt darüber, wie schnell die alte Frau rennen konnte, dass ich gar nicht wusste, wie mir geschah. Als sie dann aus meiner Sichtweite verschwunden war, schüttelte ich ungläubig den Kopf über die Situation. Und vor allem über Liz.

Dann versuchte ich meine beinahe erfrorenen Gliedmaßen davon zu überzeugen, sich in Bewegung zu setzen und zu meinem B&B aufzubrechen. Allerdings gelang es mir nicht ganz so flink wie Liz.

Kapitel 13

Sarah

»Flynn hat dir ein letztes Angebot gemacht. Darüber geht er nicht hinaus, hat er gesagt. Du solltest es dir echt gut überlegen, Sarah, ob du diesen Mann dermaßen vor den Kopf stoßen willst. Er ist es gewohnt, alles zu bekommen, was er will.«

Matthew saß plötzlich an einem der Tische im Gastraum, nachdem ich an diesem Morgen aus der Backstube kam. Mein Herz hatte einen Schlag ausgesetzt. Schließlich hatte ich bis vor wenigen Sekunden noch geglaubt, mich allein im Café zu befinden.

Dummerweise hatte mein Ex nach wie vor einen Schlüssel für das Haus. Ein Umstand, den ich dringend ändern musste. Nur leider waren mir diesbezüglich die Hände gebunden. Zwar war er in der Zwischenzeit ausgezogen – zu Amy, in ein Hotel oder ans Ende der Welt, mir war alles einerlei –, allerdings konnte er nach wie vor wie aus dem Nichts hier auftauchen und mich zu Tode erschrecken. Letzteres war ihm soeben mit voller Punktlandung geglückt.

»Matthew, wie kannst du es wagen, hier einfach so hereinzuplatzen und mich zu erpressen? Ich unterschreibe diesen vermaledeiten Vertrag nicht. Auch wenn du dich auf den Kopf stellst und dieser Flynn mir das Doppelte des ursprünglichen Preises bieten würde.«

Mein Ex sah irritiert drein.

»Woher weißt du, dass er …«

»Spar dir deine Worte und verschwinde von hier. Es gibt nichts mehr, was wir beide miteinander bereden könnten. Ich werde hier nicht weggehen. Und damit basta.«

Nun erhob sich Matthew von seinem Stuhl und kam bedrohlich langsam auf mich zu.

»Ach ja? Und wie willst du mich dann ausbezahlen? Ist eine Erbtante gestorben, von der ich nichts weiß, oder verdient man mit dem Verkauf von Plätzchen und Plunder mittlerweile das Zehnfache?«

Bei seinen unverschämten Worten musste ich schwer an mich halten, ihn nicht anzuschreien. Aber für Matthew war ein solcher Gefühlsausbruch zu schade. Am Ende würde er sich darauf noch etwas einbilden und glauben, mir läge nach wie vor etwas an ihm. Ein Irrglaube.

»Du erhältst dein Geld. Die erste Rate kann ich dir schon morgen bezahlen. Der Rest folgt dann.«

Mit vor stolz geschwellter Brust stand ich vor ihm und stemmte die Hände in die Hüften. Verschwunden war die Unsicherheit, die ich empfunden hatte, als Matthew mich in meinem Café überrumpelt hatte.

Seit Liz mir vor ein paar Tagen den Vorschlag unterbreitet hatte, Jago eines der Zimmer als Büro zu überlassen, in dem ich in der Vergangenheit mit eher mäßigem Erfolg Workshops für Backfreudige gegeben hatte, war ich zunächst skeptisch gewesen. Doch da der Erfolg dieser Veranstaltungen verschwindend gering ausgefallen war und ich nach wie vor die Möglichkeit hatte, diese direkt in meiner Backstube anzubieten, hatte ich über Liz' Worte nachgedacht.

Und über den Umstand, wie es wohl wäre, Jago tagsüber ständig um mich zu wissen.

In meinem Bauch hatten sich die zarten Schläge Tausender von Schmetterlingsflügel bei diesem Gedanken bemerkbar gemacht. Ein Irrsinn. Schließlich kannte ich diesen Mann überhaupt nicht. Auch wenn ich offen zugeben musste, dass er eine gewisse Anziehungskraft auf mich ausübte.

Das konnte damit zu tun haben, dass er in einer brenzligen Situation aufgetaucht war, um mich zu retten. Auf den Einsatz des starken Mannes hatten wohl meine Urinstinkte reagiert. Oder es lag auch an meiner Trennung von Matthew. Das war ja alles noch ganz frisch. Ich war sicher einfach völlig durcheinander.

Wem willst du hier einen Bären aufbinden?, fragte meine innere Stimme und ließ meine Gedanken augenblicklich verstummen.

»Ratenzahlung? Sehe ich etwa so aus, als würde ich mich darauf einlassen, Sarah? Ich will mein Geld jetzt gleich. Nicht irgendwann. Hast du mich verstanden?«

Matthew sah mich aus zornig blitzenden Augen an. Die Schlagader an seinem Hals pulsierte bedrohlich. Auch an seiner Stirn konnte ich das viel zu schnelle Pochen der Ader beobachten. Mein Ex stand kurz davor, zu zerplatzen.

»Ratenzahlung oder gar keine Zahlung. Such es dir aus, Matthew. Ich gehe hier nicht weg«, gab ich mich kampfeslustig, auch wenn ich mich nicht ganz so selbstsicher fühlte, wie ich mich nach außen hin gab.

»Was glaubst du, wer du bist, mir solche Bedingungen aufzuerlegen? Ich lasse mir von niemandem in meine Pläne hineinpfuschen. Du wirst diesen Vertrag jetzt unterschreiben.«

Ehe ich wusste, wie mir geschah, zog Matthew ein Schriftstück aus seiner Tasche und legte es vor sich auf den Tisch. Dann packte er mich grob und drückte mich auf den Stuhl davor. Seine Hand lag schwer in meinem Nacken, während er mir einen Stift auf den Tisch warf.

»Unterschreib! Oder ich breche dir das Genick.«

Bei seinen Worten schlug mir mein Herz bis zum Hals. So geschockt war ich über das Szenario, das sich hier im Café abspielte. Diese aggressive Seite von Matthew hatte ich bisher nicht kennengelernt. Und wenn es nach mir gegangen wäre, dann hätte ich auch weiterhin darauf verzichten können.

Unfähig, auch nur einen klaren Gedanken zu fassen, saß ich auf dem Stuhl und rührte mich nicht, um Matthews Ärger nicht noch weiter auf mich zu ziehen.

»Unterschreib endlich!«, forderte dieser abermals und erhöhte dabei den Druck auf meinen Nacken.

Tränen schossen mir in die Augen. Was war aus uns geworden? Jetzt drohte er mir tatsächlich Gewalt an. Würde Matthew mich eiskalt abmurksen, nur weil ich nicht bereit war, ihm die Anteile aus dem Café zu seinen Bedingungen zu übergeben? Was war bloß aus dem Mann geworden, den ich zu lieben glaubte und mit dem ich mein Leben teilen wollte?

Fassungslos starrte ich auf den silbernen Kugelschreiber vor mir auf dem Tisch. Irgendwas sagte mir, dass es besser wäre, ihn zu ergreifen, bevor Matthew vollends die Fassung verlor. Doch ich konnte es einfach nicht. Wenn ich meine Unterschrift unter das Schriftstück setzte, dann war das, als würde ich mein eigenes Todesurteil unterschreiben.

»Nehmen Sie sofort die Hände von Sarah. Hören Sie!«

Während ich fieberhaft darüber nachdachte, was ich tun sollte, kam Jago wie aus dem Nichts auf uns beide zugeschritten. Er wirkte entschlossen. Sein Körper sowie seine Gesichtsmuskeln waren angespannt. Seine Hände hatte er zu Fäusten geballt.

»Du schon wieder!«, blaffte Matthew ihn an und ließ von mir ab.

Dem ersten Impuls folgend, massierte ich mit meinen Händen die Stelle, an der bis vor wenigen Sekunden noch Matthews Finger viel zu fest zugepackt hatten. Der Schmerz brach sich Bahn, während ich zu fassen versuchte, was sich hier soeben abspielte.

Mein Blick flatterte hinüber zu den beiden Männern, während mir ein wenig schwindelig wurde. Mein Herz galoppierte nach wie vor wie ein durchgegangener Hengst davon. Die Zügel baumelten im Wind. Und ich hatte das Nachsehen.

»Verschwinde! Das hier geht dich nichts an.«

Matthew straffte die Schultern und baute sich vor ihm auf, um Jago weiter einzuschüchtern. Doch dieser verzog keine Miene bei seinen Worten. Offenbar war er nicht so leicht aus der Fassung zu bringen. Vielmehr wirkte er besonnen und reagierte routiniert. Fast so, als hätte er sich schon so manches Mal in einer ganz ähnlichen Situation befunden.

»Und ob es mich etwas angeht. Es geht jeden etwas an, wenn du eine unschuldige Frau bedrängst«, maßregelte ihn Jago, woraufhin Matthew keine Erwiderung mehr einfiel.

Unwillkürlich blickte er sich zu mir um. Als er mich sah, weiteten sich seine Augen unnatürlich.

Da ich keinen Spiegel hatte, konnte ich nicht sagen, wie ich in diesem Moment auf meine Gegenüber wirkte. Allerdings saß der Schock nach wie vor tief. Nie im Leben hätte ich damit gerechnet, mich in meinem eigenen Café dermaßen bedroht zu fühlen.

»Sarah, das … Es tut … Ich wollte doch nur …«, hob Matthew ein ums andere Mal an, ohne seinen Satz zu beenden.

»Geh!«

Nur ein Wort. Mehr hatte ich nicht für ihn übrig.

»Aber ich … Du musst doch verstehen … Wenn wir den Vertrag nicht beide unterschreiben, dann platzt der Deal um Mitternacht. Sarah, das ist unsere einzige Chance.«

Matthews Stimme klang beinahe flehentlich. Der Ausdruck in seinem Gesicht wirkte erbärmlich. Sein Kinn zitterte, und er stand kurz davor, in Tränen auszubrechen. Ich ertrug seinen Anblick nicht länger.

»Geh! Und komm nicht wieder!«, wiederholte ich.

Damit wandte ich mich von ihm ab.

»Nein, Sarah! Das kannst du nicht machen. Wir müssen das Schriftstück beide unterschreiben. Jetzt. Sarah? Bitte! Du kannst doch irgendwo ein neues Café aufmachen. Mit dem Geld, das Flynn dir geben wird, kannst du noch mal ganz von Neuem beginnen. Überall auf der Welt.«

Matthew hatte es nach wie vor nicht begriffen. Ich wollte nicht irgendwo neu beginnen, sondern genau dort bleiben, wo ich mich gerade befand. In St. Ives. Bei meinen Freundinnen. Am Meer. In Cornwall.

»Ich denke, du hast genug gesagt«, mischte sich Jago ein.

Schon im nächsten Augenblick hörte ich Matthew rebellieren.

Ich wandte mich zu den beiden Männern um und sah, dass Jago, der meinen Ex beinahe um eine Kopflänge überragte, Matthew am Kragen gepackt hatte und ihn nach draußen bugsierte.

Als die Tür ins Schloss fiel, wischte Jago sich die Hände ab.

»Wie geht es dir, Sarah? Kann ich etwas für dich tun? Benötigst du einen Arzt?«

Noch ehe ich wusste, wie mir geschah, stand Jago, mein neuer Untermieter, schon neben mir und betrachtete meinen Nacken. Vorsichtig fuhr er mit seinen Fingern über die Striemen, die ich bereits zuvor ertastet hatte.

»Was für ein Schwein! Ich hasse Männer, die Frauen Gewalt antun, um zu bekommen, was sie wollen. Am liebsten hätte ich ihm eine verpasst. Aber ich war mir nicht ganz sicher, ob dir das recht ist. Das Wichtigste war, dass er erst mal von hier verschwindet. Du solltest dir dennoch überlegen, ihn anzuzeigen.«

Einfühlsam, ja beinahe zärtlich, strich Jago mir nach wie vor mit seinen Fingern über die gepeinigte Stelle an meinem Nacken. Ein Schauer lief mir über den Rücken, kaum dass er meine Haut mit seinen Händen berührte.

Die Nähe fühlte sich merkwürdig und gleichzeitig wundervoll an. Mein Herz raste abermals davon, allerdings nicht, um Reißaus zu nehmen. Während ich noch über die Wirkung nachdachte, die Jago auf mich hatte, fiel mein Blick abermals auf das Schreiben vor mir auf dem Tisch.

Matthew hatte vergessen, den Vertrag mitzunehmen. Im Text stand die volle Adresse von diesem ominösen Flynn. Sogar seine Telefonnummer konnte ich entdecken. Mit dem würde ich ein ernstes Wörtchen reden müssen. Was bildete sich dieser Idiot eigentlich ein? Oder hatte Matthew am Ende eigenmächtig gehandelt, um das zu bekommen, was ihm in seinen Augen von Rechts wegen zustand?

Ich seufzte, woraufhin Jago zu meinem Leidwesen augenblicklich seine Berührungen einstellte.

»Es wird wohl das Beste sein, wenn ich mich weiter in meinem Büro einrichte. Es ist noch einiges zu erledigen, bis ich mit der Arbeit beginnen kann.«

Etwas verlegen fuhr er sich durch sein dunkles Haar, nachdem er sich aus meinem Rücken gelöst hatte und nun vor mir stand.

»Ja«, stimmte ich ziemlich wortkarg zu, weil mir nicht so recht einfallen wollte, wie ich auf den plötzlichen Themenwechsel reagieren sollte.

Jago nickte mir kaum merklich zu und machte sich dann auf den Weg in sein zukünftiges Büro.

Ich stand auf.

»Jago, warte!«, rief ich ihm hinterher, da ich es schlichtweg nicht ertragen konnte, dass er mich hier allein ließ.

»Ja?«

Noch im Gehen wandte er sich zu mir um, ehe er schließlich in der Bewegung innehielt.

»Danke«, kam es mir beinahe flüsternd über die Lippen.

Meine Hände zitterten so heftig, dass ich sie auf meine Oberschenkel legen musste.

»Das war doch selbstverständlich«, sagte Jago und klang dabei wie der vollendete Gentleman.

Mein Herz schmolz dahin, während sich mein Blick in seinem verfing.

So standen wir uns gegenüber. Keiner wagte etwas zu sagen, um den Moment nicht zu zerstören. Da war etwas zwischen uns, das uns miteinander verband. Und davon war ich nicht nur überzeugt, weil mir Jago schon zum zweiten Mal im entscheidenden Augenblick zu Hilfe geeilt war. Nein, ich spürte etwas zwischen uns. Eine Zusammengehörigkeit, die eigentlich total fehl am Platz war. Schließlich kannten wir uns kaum. Und dennoch …

»Danke, dass du da warst«, entgegnete ich.

Am liebsten hätte ich ihm noch gesagt, wie dankbar ich ihm dafür war, dass er nach wie vor hier war und auch zukünftig bei mir im Café sein würde. Matthew würde sich nun nicht mehr trauen, mich noch mal zu bedrängen. Dennoch sollte ich zusehen, die Schlösser im Haus zeitnah auszutauschen. Auf einen weiteren Besuch von ihm wie am heutigen Morgen konnte ich getrost verzichten.

»Sehr gerne«, erwiderte Jago und blickte dabei etwas verlegen zu Boden.

Offenbar fühlte er sich nicht ganz wohl in seiner Rolle als Held. Aber genau das war er nun mal für mich. Mein ganz persönlicher Held.

»Hättest du heute Abend vielleicht Lust, mit mir zu Abend zu essen? Ich könnte eine Kleinigkeit kochen.«

Jago sah auf. Er schien nicht ganz sicher, wie er meinen Vorschlag einzuordnen hatte.

Schon ruderte ich wieder zurück.

»Wenn dir das zu persönlich ist, dann können wir auch gerne ins Restaurant. Du kannst natürlich auch mit einer anderen Frau essen gehen. Ich lade euch beide ein. Das ist … Also ich meine … Ein kleines Dankeschön.«

Nach wie vor wurde ich einfach nicht schlau aus Jagos Miene. Deshalb stammelte ich nun ebenfalls vor mich hin wie Matthew erst vor wenigen Minuten.

»Nein, ein selbst gekochtes Essen hört sich sehr gut an. Die Fishers haben mich nur für den heutigen Abend bereits eingeladen. Sie werden in knapp einer Woche zu ihrer Weltreise aufbrechen und sind furchtbar nervös. Aber ich könnte morgen. Wäre das vielleicht eine Option?«

Erleichterung flutete meine Blutbahnen bei seinen Worten. Jago hatte mir gar keinen Korb geben wollen. Er hatte nur bereits eine Einladung für das heutige Abendessen.

Hieß das dann im Umkehrschluss, dass es keine andere Frau in seinem Leben gab?

Du bist so was von verknallt in den Typen. Das geht auf keine Kuhhaut!, wetterte meine innere Stimme, die ich daraufhin prompt ins Off verbannte.

Schließlich konnte ich nichts für meine Gefühle. Auch wenn sie mich in Jagos Fall ziemlich überwältigten. Warum fühlte ich mich so zu diesem

Mann hingezogen? War es allein die Tatsache, dass er mir schon zweimal zu Hilfe geeilt war? Oder woran lag es, dass ich mich in seiner Nähe rundum wohlfühlte? Womöglich war ich nach den letzten eher enthaltsamen Wochen mit Matthew auch einfach nur schrecklich ausgehungert. Ein wenig Aufmerksamkeit von einem netten Mann würde meinem geschundenen Ego guttun. Und Jago war darüber hinaus verdammt attraktiv.

Hochgewachsen, breitschultrig, ein definierter Körper ohne diese üppige Muskelmasse, die einen Mann zu einem Boxer mutieren ließen – unbeirrt stand Jago mit seinen leuchtend grünblauen Augen und den angedeuteten Grübchen in seinen Wangen vor mir.

Allein die Erinnerung daran, wie seine Hände meinen Nacken berührt hatten, jagte mir einen abermaligen Schauer über den Rücken. Und eine Vorahnung überkam mich.

Jago und ich allein in meiner Wohnung – konnte das gut gehen?

»Gerne. Morgen ist noch besser. Dann habe ich ausreichend Zeit, um alles vorzubereiten«, sagte ich schnell, bevor meine Gedanken neuerlich flügge wurden und sich alles Mögliche zusammenreimten.

Jago lächelte.

»Dann sage ich schon mal vielen Dank für die Einladung. Ich freue mich darauf, den Abend mit dir zu verbringen, Sarah.«

Damit nickte er mir zu, ehe er sich auf den Weg in sein Büro machte.

Kapitel 14

Jago

»Du wirkst heute so abwesend, mein Junge. Haben dir die Stubenküken nicht geschmeckt?«

Als Mrs Fisher das Wort an mich richtete, bemerkte ich erst, dass ich mit meinen Gedanken abgewandert war.

»Doch, doch. Das Essen war ganz vorzüglich. Besonders das Kartoffelgratin und der Salat. Aber auch das Fleisch war sehr zart«, beeilte ich mich zu antworten, da ich Mrs Fisher nicht mit meiner geistigen Abwesenheit vor den Kopf stoßen wollte.

»Das freut mich, Jago. Aber irgendwas scheint dich zu beschäftigen. Willst du mir nicht davon erzählen?«

Mr Fisher war am heutigen Abend nach dem Essen gleich in den Pub gegangen. Er wollte sich dort noch einmal mit ein paar Freunden treffen, ehe sie kommende Woche zu ihrer Reise aufbrachen. Zwar hatte er angeboten, erst gemeinsam den Tisch abzuräumen, allerdings hatte Mrs Fisher ihm signalisiert, er könne ruhig gehen.

Also erhob ich mich nun von meinem Platz und nahm die Teller, die Gläser und das Besteck, brachte alles zur Spüle und ließ das Wasser darüber laufen.

»Das kann ich doch später machen«, sagte Mrs Fisher und drehte den Hahn zu.

»Ich würde Ihnen aber gerne helfen«, entgegnete ich.

Da warf sie mir auch schon das Küchentuch zum Abtrocknen zu.

»Arbeitsteilung«, erwiderte sie augenzwinkernd.

»Aber jetzt will ich erst mal hören, was dich umtreibt, mein Junge. Ich sehe doch, dass dich etwas beschäftigt.«

Mrs Fisher war schon immer sehr aufmerksam gewesen. Während meiner Schulzeit war ihren feinen Antennen im Unterricht nie entgangen, wie es um mich stand. So wusste sie stets, wenn mich die anderen Kinder mal wieder getriezt hatten. Was ziemlich oft vorgekommen war.

Neben der Tatsache, dass ich mich mit dem Lesen und Schreiben schwertat, fanden viele Kinder es merkwürdig, dass ich keinen Dad hatte. Ein Umstand, an dem ich schwerlich etwas ändern konnte. Also hatte ich den Kopf eingezogen, wenn Simon und seine Gang mich mal wieder zu ihrem Opfer auserkoren hatten, und war in das Klassenzimmer zurückgeeilt, um dort in Ruhe mein Pausenbrot zu essen.

Nicht selten hatte Mrs Fisher mich in den Arm genommen und mir versichert, dass alles gut werden würde. Damals hatte ich ihr nicht geglaubt. Heute wusste ich es besser.

»Das Büro. Es ist noch eine Menge vorzubereiten. Ich habe mir jetzt Gedanken über die Einrichtung gemacht. Es soll möglichst funktional werden. Gleichzeitig wäre es mir natürlich sehr lieb, wenn ich mich darin auch richtig wohlfühlen würde. Es ist ein bisschen schwierig, beides miteinander zu vereinen.«

Während ich Mrs Fisher diese Lüge auftischte, wagte ich es nicht, ihr in die Augen zu sehen.

»Ich bin mir ganz sicher, dass du das schaffen wirst, Jago. Du hast in deinem Leben schon so viel mehr erreicht, als du je für möglich gehalten hättest. Da sollte die Einrichtung deines Büros ein Klacks für dich sein.«

Augenzwinkernd reichte sie mir das erste abgespülte Glas entgegen, damit ich es abtrocknen konnte.

Erleichtert atmete ich auf. Offensichtlich hatte sie den Köder geschluckt.

»Aber nun wüsste ich trotzdem gern, was dich wirklich umtreibt. Wenn mich nicht alles täuscht, dann handelt es sich dabei um eine Frau.«

Kaum dass ich das Glas an den angestammten Platz gestellt und den Teller entgegengenommen hatte, den Mrs Fisher mir soeben reichte, wäre mir dieser beinahe zu Boden gefallen.

Lächelnd musterte mich meine ehemalige Grundschullehrerin.

»Ich war auch mal jung, musst du wissen.«

Hin- und hergerissen zwischen dem Wunsch, mich jemandem anzuvertrauen, und dem Gefühlschaos, das Sarah in mir auslöste, wägte ich ab, was ich über unsere Beziehung preisgeben konnte. Und was ich besser für mich behalten sollte.

»Sarah. Sie ist … sehr nett.«

Als ich meinen Satz beendet hatte, begann Mrs Fisher neben mir zu lachen.

»Sie ist also sehr nett, sagst du. Hast du schon länger das Gefühl, oder ist dir das jetzt erst aufgefallen, seit du sie täglich siehst?«

Mrs Fisher machte keinen Hehl daraus, dass sie sehr genau wusste, wie es um mich stand. Leugnen war also zwecklos.

»Schon länger.«

Es fiel mir nicht ganz leicht, so offen über meine Gefühle zu sprechen. In den vergangenen Jahren hatte ich das meiste mit mir selbst ausgemacht. Es gab kaum einen Menschen, dem ich mich anvertrauen konnte. Oder wollte.

Die Narben auf meiner Seele, die ich seit meiner Kindheit mit mir umhertrug, führten dazu, dass ich nach wie vor so meine Schwierigkeiten damit hatte, mich anderen Menschen gegenüber zu öffnen.

»Sarah ist eine tolle Frau. Und sie hat einen guten Mann verdient. Nicht so einen Halsabschneider wie diesen Matthew, der ihr die Pistole auf die Brust setzt und sie zu einer Unterschrift zwingen will.«

Offenbar war Mrs Fisher genauestens im Bilde darüber, was sich heute im Café an der Promenade abgespielt hatte.

»Liz war am Nachmittag auf einen Tee bei mir. Sie hat Sarah ganz aufgelöst in ihrem *The Mermaid* vorgefunden«, erklärte sie, nachdem ihr offenbar meine gefurchte Stirn ins Auge gefallen war.

»Dann weißt du also schon Bescheid.«

Auch wenn ich es versuchte, gelang es mir doch nicht zur Gänze, meine Enttäuschung darüber zu verbergen.

Und da war sie wieder: Die Enge eines kleinen Ortes. Jeder kannte jeden, und jeder wusste über den anderen Bescheid. War es wirklich eine gute Idee gewesen, ausgerechnet hierher zurückzukehren?

Denn wenn ich ehrlich zu mir selbst war, hätte ich überallhin gehen können. Mein Beruf ermöglichte es mir, an vielen Orten dieser Welt zu leben und zu arbeiten. Aber insgeheim hatte ich gespürt, dass ich nach Hause zurückmusste. Ich musste mich der Vergangenheit stellen. Gleichzeitig musste ich jedoch auch die Gegenwart bewältigen. Beides nicht besonders einfach. Und vor allem forderte es mich mehr, als ich erwartet hätte.

Die Zurückweisung meiner Schulkollegen war hier beinahe mit Händen greifbar. Ich erinnerte mich so gut an all die Geschichten von früher, als wären sie kürzlich passiert. Dazu lief vor meinem geistigen Auge, gefühlt permanent, ein Film ab, der mir die Bilder von einst gestochen scharf und in Farbe präsentierte.

»Jago«, Mrs Fisher drehte den Hahn abermals zu, trocknete ihre Hände in einem Tuch und wandte sich dann mir zu, indem sie meine Hände in ihre legte, »ich will nicht, dass du das Gefühl hast, ich würde dir hinterherschnüffeln. Liz kam zum Tee und hat mir von dem Zwischenfall im Café erzählt. Dabei fiel auch dein Name. Es tut mir leid, wenn ich dir das Gefühl gegeben habe, über alles Bescheid zu wissen. Im Grunde wollte ich doch viel lieber von dir hören, was heute Morgen vorgefallen ist. Und was das mit dir macht.«

»Ich kann Ihnen doch nicht böse sein, Mrs Fisher. Es ist nur, dass ich das Gefühl habe, hier in St. Ives keinen Schritt tun zu können, ohne dabei beobachtet zu werden. Gleichzeitig weiß ich ganz genau, dass mir meine Vergangenheit auf Schritt und Tritt folgt. Egal, was nun aus mir wurde. Ich höre die Leute sich schon das Maul darüber zerreißen, dass ich es mal wieder nicht lassen konnte und mich an eine Frau herangeschmissen habe, die vergeben war. Die Fakten werden ausgedehnt, und am Ende weiß niemand mehr so genau, wann die Beziehung zwischen Matthew und Sarah in die Brüche ging. Gut möglich, dass wir schon länger eine Affäre hatten.«

Nun hatte ich mir von der Seele geredet, was mich seit einigen Tagen beschäftigte.

In St. Ives haftete mir mein Ruf nach wie vor an. Egal, wie lange es zurücklag, dass ich gern mal über die Stränge geschlagen hatte. Ich würde meine Taten und Worte, auch die, für die ich mich mittlerweile schämte, nie ganz abstreifen können. Sie waren immer ein Teil von mir.

Die Frage war nur: Würde ich damit klarkommen, an dem Jago gemessen zu werden, der ich einst war?

»Es ist nicht alles schwarz oder weiß, Jago. Du siehst das ein wenig zu verbissen, wenn du mich fragst. Lass die Dinge doch erst mal auf dich zukommen und schau dann, was passiert. Vor allem solltest du dir die Bekanntschaft von Sarah auf diese Weise nicht von vornherein kaputtmachen lassen. Sie ist eine ganz bezaubernde Person. Und ich könnte mir vorstellen, dass ihr sehr gut zueinanderpasst. Gib dem Ganzen doch eine Chance! Okay? Danach kannst du immer noch sehen.«

Ich zuckte resigniert mit den Achseln.

»Es fühlt sich nur so an, als würde ich nach all den Jahren nach wie vor als der Jago gesehen, der von hier wegging. Für die Leute habe ich mich nicht verändert. Und ich will Sarah keine Probleme machen.«

Mrs Fisher seufzte.

»Du machst ihr doch keine Probleme, Jago. Und die Leute werden auch einsehen, dass du dich verändert hast. Gib ihnen ein wenig Zeit! Der Mensch ist ein Gewohnheitstier. Für manche Veränderungen benötigt er länger als für andere. So ist das nun mal. Das hat nichts mit dir als Person zu tun. Verstehst du das?«

Meine Grundschullehrerin war wirklich äußerst um mich bemüht.

»Ich werde mich auf die Sache einlassen und schauen, was daraus wird. Zufrieden?«, stimmte ich schließlich bereitwilliger zu, als ich mich in diesem Moment fühlte.

Mrs Fisher lächelte.

»Das hört sich sehr gut an, mein Junge. Und jetzt, was hältst du von einem alten Agatha-Christie-Klassiker? Ich liebe all ihre Bücher und habe mir vor Kurzem erst eine stattliche DVD-Sammlung ihrer Werke bestellt. George hat dreimal tief durchatmen müssen, als das riesige Paket ankam. Aber jetzt schaut er sich die Krimis auch gerne mit mir an. Die Filme und natürlich auch die Bücher sind einfach zeitlos. Ich liebe sie alle. Hast du etwas von ihr gelesen oder Filme gesehen?«, fragte Mrs Fisher, nun mit einer Sorgenfalte auf der Stirn.

Offenbar war ihr soeben aufgegangen, dass sie mit dem Jungen sprach, der als Kind eine Lese- und Schreibschwäche besessen hatte.

»Ich mag sie sehr gerne. Mein Favorit ist ›Tod auf dem Nil‹. Aber ›Mord im Pfarrhaus‹ mag ich auch sehr gerne.«

Mrs Fisher klatschte glückselig in die Hände.

»Das ist auch mein Lieblingsfilm. Was hältst du davon, wenn wir uns eine Packung Chips gönnen? Schau du doch mal drüben im Wohnzimmer in der Vitrine. Unten links solltest du noch etwas finden.«

Während ich tat, wie mir geheißen, verräumte Mrs Fisher das fertig gespülte und getrocknete Geschirr.

Als ich die Vitrine öffnete, fühlte es sich ein wenig merkwürdig an, in anderer Menschen Schränke herumzuwühlen. Dann sagte ich mir jedoch, dass Mrs Fisher mich ausdrücklich darum gebeten hatte, und meine Bedenken legten sich ein wenig.

Beherzt griff ich hinein. Doch als ich statt der Chipstüte ein schwarzes Kleidungsstück, das am ehesten an eine Mütze erinnerte, in Händen hielt, bereute ich es, meinem Gefühl nicht mehr Beachtung geschenkt zu haben.

Kapitel 15

Sarah

»Hey, Sarah! Wie geht's dir?«

Sosehr ich es auch wertschätzte, dass meine Freundinnen sich um mich sorgten, widerstrebte mir das Mitleid in ihren Blicken zusehends.

Einerseits hatte ich zwar noch immer zittrige Hände, wenn ich an die gestrigen Begebenheiten dachte, und mein Magen fühlte sich unnatürlich flau an. Andererseits wusste ich, dass ich Matthew diese Macht über mich nicht geben durfte. Sonst würde ich mich auch in den kommenden Wochen und Monaten noch vor meinem eigenen Schatten ängstigen. Und das war mit Sicherheit auf Dauer kein guter Zustand.

»Es geht mir gut. Ehrlich! Ihr braucht euch keine Sorgen um mich zu machen. Die Schlösser wurden heute Morgen gleich ausgetauscht, und Mathews Handynummer habe ich blockiert. Mir kann also nichts passieren.«

»Was ist mit Jago?«, fragte Rose, während ich die Getränkebestellung abarbeitete.

Seit Matthew mich von heute auf morgen mit allem allein gelassen hatte, musste ich zusehen, wie ich klarkam. Und das war eher schlecht als recht. Mitunter mussten die Gäste bis zu dreißig Minuten auf ihre

Bestellung warten, weil mir eben nicht über Nacht zwei zusätzliche Arme gewachsen waren.

»Was soll mit ihm sein?«, hakte ich nach, während ich simultan Milch aufschäumte und ein Wasser einschenkte.

»Na ja, fühlst du dich von ihm … bedrängt?«

Emma und Rose tauschten vielsagende Blicke.

»Jago hat mir geholfen, als Matthew mir das Genick brechen wollte. Ich würde also mal behaupten, dass ich mich nicht von ihm bedrängt, sondern eher beschützt fühle. Um ehrlich zu sein, war ich ziemlich froh, dass er mal wieder im richtigen Moment zur Stelle war.«

Was war denn heute wieder los?

»Wir dachten nur … Er hat ja einen sehr besonderen Ruf. Und nicht, dass du … Also wir wollen nicht, dass du am Ende mit einem gebrochenen Herzen dastehst. Einem zusätzlichen, wenn du so willst. Wir wollen bloß …«

»… dass es dir gut geht«, schloss Ailla den Satz.

»Ich würde lügen, wenn ich behaupte, dass es mir gerade gut geht. Die Arbeit ist kaum zu bewältigen, der Schuldenberg erdrückt mich, und von meinem gebrochenen Herzen will ich gar nicht erst sprechen. Aber es wird schon wieder. Alles wird gut. Davon bin ich überzeugt. Und bis dahin muss ich eben noch ein bisschen mehr machen als sonst. Immerhin lenkt die Arbeit mich ab.«

Noch ehe ich geendet hatte, schnappte sich Emma das Tablett mit den Getränken darauf und verteilte sie an den Tischen. Rose ging zu einem der Tische, an dem jemand bezahlen wollte. Da sie schon das ein oder andere Mal bei mir ausgeholfen hatte, wusste sie mit dem EC-Gerät umzugehen. Und Ailla nahm mich einfach nur in den Arm und hielt mich ganz fest. Eine Geste, die mir in diesem Moment die Welt bedeutete.

Als ich spürte, wie mir mal wieder Tränen über die Wangen kullerten, löste ich mich sanft, aber bestimmt von meiner Freundin.

»Es geht schon. Viele andere Frauen müssen noch viel mehr durchstehen. Ich schaff das schon. Vor allem, weil ich so tolle Freundinnen habe.«

»Hat jemand von mir gesprochen?«, fragte Liz mit einem diebischen Grinsen auf den Lippen, während sie sich zu uns gesellte und sich die Hände rieb.

»Eiskalt heute«, sagte sie, um unseren fragenden Blicken Einhalt zu gebieten.

»Hey, Liz! Was macht das Kriminalisieren?«, fragte Rose und zwinkerte mir dabei verschwörerisch zu.

Liz winkte ab.

»Nach wie vor nichts Handfestes. Zu ärgerlich aber auch, dass der Bankräuber unerkannt verschwinden konnte. Wenn ich mir die Zeugenaussagen so anhöre, dann klingt es fast, als hätte er sich in Luft aufgelöst. Der Kerl kann mittlerweile überall sein. Aber irgendwas sagt mir, dass er gar nicht mal so weit weg ist. Ich schwör's euch. Mein rechter kleiner Zeh zuckt nämlich wie verrückt. Und das macht er nur, wenn er etwas wittert.«

Irritiert darüber, wie Liz über ihren Zeh sprach, als wäre er ein Hund, schüttelte ich leicht den Kopf.

»Wenn wenigstens diese dämliche Skimaske auftauchen würde. Ich hatte ja die Vermutung, der Bankräuber könnte sie sich in einer Gasse ausgezogen und in den Müll geworfen haben. Sämtliche potenziellen Mülleimer bin ich durchgegangen. Und glaubt mir, das waren einige. Aber Fehlanzeige! Nada! Einfach rein gar nichts. Wenn das so weitergeht, dann muss ich mich ernsthaft fragen, ob es diesen Überfall überhaupt gegeben hat.«

»Du meinst doch nicht etwa, dass Laura nur behauptet hat, es hätte einen Überfall gegeben. Oder? Ich meine, sie war wirklich sehr durch den Wind. Und wenn ich ehrlich bin, wirkt sie noch immer ziemlich erschüttert«, erklärte Ailla.

Liz wog den Kopf zur einen und dann zur anderen Seite.

»Ich kann es mir eigentlich auch nicht vorstellen. Aber die Faktenlage ist so dünn wie durchsichtiges Butterbrotpapier. Ich habe nichts in der Hand. Und wenn ich nichts habe, dann hat die Polizei noch viel weniger als nichts, wenn ihr versteht, was ich meine.«

Erst jetzt bemerkte ich Jago in Liz' Rücken. Er hatte gehört, was sie gesagt hatte. Bei ihren Worten bildete sich eine tiefe Furche auf seiner Stirn, während er einen Punkt an der Wand fixierte und offenbar tief in Gedanken versunken war. Zugleich legte er seine Hand von außen auf die ausgebeulte Manteltasche.

»Guten Morgen, Jago. Möchtest du einen Kaffee?«

Seit dem Zwischenfall mit Matthew war ich sehr froh darüber, Jago hier im Café bei mir zu wissen. Es war das eine, sich vor meinen Freundinnen tough zu geben, und etwas ganz anderes, allein in den Räumlichkeiten zu sein und sich vor all den dunklen Ecken des Hauses zu fürchten.

Zwar waren die Schlösser ausgetauscht, aber da Matthew nicht bekommen hatte, was er wollte, befürchtete ich, er würde nun zu drastischeren Maßnahmen greifen. Wie die letztlich aussahen, konnte ich nur erahnen.

Auch wenn ich die Hoffnung hatte, er würde es einsehen, meine Bedingungen akzeptieren und sich stillschweigend vom Acker machen, wusste ich es doch besser. Matthew würde nicht eher Ruhe geben, bis er bekommen hatte, was er wollte.

»O ja … Das wäre … fantastisch.«

Jago schüttelte sich leicht, wie um die Gedanken in seinem Kopf abzuschütteln.

Ein Lächeln zauberte sich auf seine Lippen. Sein Blick traf den meinen, was augenblicklich dazu führte, dass meine Knie ganz weich wurden.

»Guten Morgen, mein Lieber«, begrüßte ihn Liz, während sie zwischen uns beiden hin und her sah.

Ihr misstrauischer Blick offenbarte mir, dass sie genauestens im Bilde darüber war, wie es um mich stand.

»Hey, Liz! Bist du wieder auf Gangsterjagd? Ist dir zwischenzeitlich der Bankräuber ins Netz gegangen? Oder müssen wir weiter mitfiebern?«

Die Art und Weise, wie Jago seine Worte äußerte, machte deutlich, dass die beiden nicht ganz die besten Freunde waren. Liz hatte uns ja auch vor ihm und seinem Charme gewarnt. Dennoch war ich wie eine Fliege ins Netz der Spinne geflogen.

Gut möglich, dass die beiden auf Kriegsfuß miteinander standen. Oder aber Liz wusste noch mehr über Jago zu sagen. Dinge, von denen ich im Moment nicht mal etwas ahnte. Vielleicht hatte er eine kriminelle Vergangenheit? Wenn ich Jago so pikiert dreinblicken sah, weckte es durchaus den Gedanken in mir, da könnte noch mehr dahinterstecken.

Du siehst schon Gespenster, Sarah!, ermahnte mich meine innere Stimme.

Und in diesem ganz speziellen Fall musste ich ihr sogar recht geben.

Matthews Hundertachtziggradwendung hatte mich in meinen Grundfesten erschüttert. Bisher war ich davon ausgegangen, ein gutes Gespür für meine Mitmenschen zu haben. Nun jedoch feststellen zu müssen, den Mann, mit dem ich viele Jahre zusammengelebt hatte, gar nicht wirklich zu kennen, veränderte alles. Mit meinem Urteilsvermögen anderen Menschen gegenüber war es gerade nicht sehr weit her.

Ich spürte, wie ich vorsichtiger wurde und mir mehr Gedanken über meine Gegenüber machte, als das bei mir für gewöhnlich der Fall war. Außerdem fiel es mir nicht leicht, Vertrauen zu schenken. Dabei hatte Jago mehr als das verdient. Schließlich hatte er mir schon das zweite Mal in einer äußerst brenzligen Situation zur Seite gestanden.

»Das Böse schläft nie, heißt es so schön. Und ich bin mir ganz sicher, dass das nächste Verbrechen nicht lange auf sich warten lässt. Ich spür's in meinem Bein. Das schmerzt seit ein paar Tagen. Nein, es ist eher ein

Kribbeln. Ganz merkwürdiges Gefühl. Fast so, als wäre es taub.«

Während Liz über ihre Ahnungen sprach, reichte ich Jago seine Tasse Kaffee, die er dankbar entgegennahm und sich schon im nächsten Moment in sein Büro verabschiedete.

»Heiß«, sagte Ailla und blickte ihm noch eine ganze Weile nach.

Wenn mich nicht alles täuschte, behielt sie dabei seinen Hintern genauestens im Blick.

»Der Tee?«, fragte Liz und nahm einen Schluck aus dem Becher, den ich ihr zwischenzeitlich vorgesetzt hatte.

»Doch nicht der Tee«, entgegnete Rose und fächerte sich dabei Luft zu.

Ihre Wangen waren plötzlich auffällig gerötet. Fast so, als hätte sie in der Zwischenzeit einen Sprint zum Strand hingelegt.

»Kommt schon, Mädels, Jago ist auch nur ein Mann.«

Es war mir ein wenig peinlich, zu sehen, welche Wirkung dieser Kerl auf uns alle hatte.

»Ein besonders attraktiver«, meinte Ailla und starrte ihm nach wie vor hinterher, obwohl er längst das Café durchquert hatte und in seinem Büro verschwunden war.

»Habt ihr diesen knackigen Hintern gesehen?«, fragte Rose ganz außer sich, während ich jeden Moment darauf wartete, dass sie zu sabbern begann.

»Der wäre doch was für deinen nächsten Roman«, erwiderte ich eher scherzhaft.

Doch Rose nickte ganz eifrig. In Gedanken schien sie sich ein paar Notizen zu machen. Ich wollte mir gar nicht ausmalen, wie die wohl aussahen.

»Nun ist aber wieder gut! Jago wäscht auch nur mit Wasser. Können wir uns vielleicht wieder auf das Wesentliche konzentrieren?«, ermahnte uns Liz.

Offenbar gefiel es ihr gar nicht, wie viel Aufmerksamkeit Jago einheimste, wenn er ins Café geschritten kam, während Liz einen echten Kriminalfall aufzuklären hatte und dafür, in ihren Augen, nicht die nötige Anerkennung erhielt.

»Was könnte wichtiger sein?«, wagte es Ailla auch noch zu sagen, während sie Jagos Schatten nach wie vor hinterherglotzte.

Ich liebte sie wie eine Schwester, aber anders war der Ausdruck in ihrem Gesicht schlichtweg nicht zu nennen.

»Dann kann ich ja wieder gehen.«

Jetzt war Liz ernsthaft eingeschnappt.

»Wie willst du denn nun weiter vorgehen?«, beeilte ich mich, nachzufragen, während ich meine Gäste im Café noch einen Augenblick länger warten ließ als ohnehin schon.

Das würde in den nächsten Tagen und Wochen sicher reichlich schlechte Kritik in den Online-Portalen geben. Fiona, die neben ihrem Studium bei mir jobbte, hatte bereits vorgeschlagen, dass sie mir zusätzlich im Café beim Bedienen helfen könnte. Allerdings wäre Matilda dann in der Küche allein. Eine neue Servicekraft konnte ich mir gerade nicht leisten. Das gab mein Budget nicht her. Schon gar nicht, wenn ich daran dachte, Matthew ausbezahlen zu müssen.

Denn sosehr mir dieser Umstand auch widerstrebte, rein rechtlich gesehen würde ich ihm seinen Anteil zurückzahlen müssen. Ob ich nun wollte oder nicht.

»Ich habe schon überlegt, die Einwohner von St. Ives zu besuchen und nachzufragen, ob sie sich im Besitz einer schwarzen Skimaske befinden. Denn egal, wie ich es drehe und wende, für mich muss der Räuber aus unseren eigenen Kreisen kommen.«

»Wie kommst du darauf?«, hakte Rose nach, die offenbar endlich über die Begegnung mit Jago hinweg war.

»Der Täter wusste, dass die Bank schon vor der offiziellen Öffnungszeit aufgeschlossen wird. Das ist eine Tatsache, die der Räuber, sollte er nicht aus St. Ives stammen, erst hätte in Erfahrung bringen müssen.

Dazu hätte er bei dieser Eiseskälte tagelang irgendwo ausharren und die Bank ausspionieren müssen. Im Sommer wäre so eine Erkundungstour vermutlich überhaupt nicht aufgefallen. Da sind die Promenade und der ganze Ort voller Touristen. Aber jetzt im Januar bleibt ein Mann, der in der Nähe der Bank Position bezieht und sie beobachtet, nicht unbemerkt.«

Rose, Ailla und ich nickten zustimmend.

»Auf den Gedanken bin ich tatsächlich noch gar nicht gekommen«, bemerkte ich, fasziniert von Liz' Herangehensweise.

Zufrieden lächelnd blickte sie in die Runde.

»Tja, so mancher ist der Auffassung, mir würde die Aufdeckung eines Falls in den Schoß fallen. Aber lasst euch gesagt sein, Ladys, es ist ein ganzes Stück harter Arbeit, bis man an sein Ziel kommt.«

Dann erhob sie sich theatralisch von ihrem Barhocker.

»Deshalb muss ich jetzt leider schon wieder weiter. Auch wenn ich noch so gerne weiterhin mit euch geplaudert hätte. Die Arbeit ruft.«

Wie zum Beweis rief einer meiner Gäste, er würde nun gerne zahlen, während ein anderer darauf hinwies, dass er dieses Anliegen schon vor einer halben Stunde vorgebracht hatte.

Rose schnappte sich abermals das EC-Gerät und ging, ohne dass ich sie darum gebeten hätte, zu den beiden Tischen, lächelte freundlich, als hätte es die eben geäußerte Beanstandung nie gegeben, und notierte im Anschluss daran noch weitere Bestellungen, die sie geradewegs an die Küche weitergab.

Das Glöckchen über der Tür war zu hören, als Liz hindurchging. Ein wenig wehmütig blickte ich ihr hinterher. Denn auch wenn ich es nie offen zugegeben hätte: Seit Matthew mir so zusetzte, fühlte ich mich in meinem eigenen Café nicht mehr recht wohl.

Kapitel 16

Jago

»Jago, ist das wirklich dein Ernst?«

Prustend stand Mrs Fisher vor mir, während ich wie ein begossener Pudel bedröppelt an mir herunterblickte.

»Das ist mein bester Anzug«, erklärte ich ihr und strich dabei vorsichtig mit der Hand über den seidenen Stoff.

Zur Antwort lachte Mrs Fisher abermals.

»Aber, Jago, du gehst doch heute zu keinem Empfang, sondern zu einem Abendessen, zu dem dich Sarah eingeladen hat. Ein schickes Hemd und eine Jeans tun es vollkommen. Außerdem habe ich dir noch eine Flasche Wein rausgestellt. George und ich trinken seit Jahren keinen Alkohol mehr. Und wenn sich doch mal eine Flasche in unseren Besitz verirrt, nehme ich sie zum Kochen. Dafür wäre diese hier allerdings viel zu schade gewesen.«

Feierlich überreichte sie mir die Rotweinflasche, die ich augenblicklich fest umschloss.

»Vielen Dank«, sagte ich ein wenig zerknirscht.

An ein Gastgeschenk für Sarah hatte ich gar nicht gedacht. Viel zu sehr war ich den Tag über damit beschäftigt gewesen, mich zu fragen, was es mit der Skimaske im Wohnzimmerschrank der Fishers auf sich hatte. Hatte ihnen diese womöglich jemand untergejubelt?

Mr und Mrs Fisher waren sehr nette Leute und hatten regelmäßig Besuch. Dennoch konnte ich mir nur schwerlich vorstellen, dass einer von diesen Menschen, die ihr Vertrauen hatten, zu den beiden kam, um bei ihnen eine ominöse Skimaske zu deponieren. Das ergab keinen Sinn. Egal, wie lange ich diesen Gedanken auch schon wälzte.

»Und jetzt lächle mal, mein Junge. Mach dir nicht so viele Gedanken. Das wird sicher ein sehr schöner Abend mit Sarah. Sie ist wirklich eine ganz zauberhafte junge Frau. Ich hoffe, sie hat den Schock über die Trennung und die Zwischenfälle mit ihrem Ex langsam verwunden. Ein ziemlich unschönes Kapitel in ihrem Leben. Es wird Zeit, dass du sie ein wenig auf andere Gedanken bringst.«

Bei jedem anderen hätte ich nun die Augenbrauen bis zum Scheitel hochgezogen. Doch bei Mrs Fisher war ich mir ganz sicher, dass sie mit ihren Worten keine unmoralischen Andeutungen machen wollte. Sie meinte es so, wie sie es sagte. Ohne Hintergedanken.

»Und habt ein bisschen Spaß miteinander. Der Januar ist eh so trist.«

Augenzwinkernd stand sie vor mir, ehe sie im nächsten Moment schon wieder in der Küche verschwunden war. Das Abendessen stand auf dem Herd.

Während ich noch überlegte, wie ich ihre Worte zu deuten hatte, schüttelte ich den Kopf und ging abermals nach oben in mein Zimmer, um mich umzuziehen.

Mühsam schälte ich mich aus dem Anzug, den ich extra gebügelt hatte. Eine wahre Tortur. Ich würde mich wohl nie daran gewöhnen. Aber in einem knittrigen Anzug hatte ich bei Sarah nicht aufmarschieren wollen. Als ich ihn schließlich wieder aufbügelte, fiel mein Blick auf das zerknitterte Hemd, das ich statt des blütenweißen, das ich bis eben noch getragen hatte, anziehen wollte, und ein resigniertes Seufzen brach sich aus meiner Kehle Bahn.

Während ich also zur Tat schritt, musste ich an Mrs Fishers Worte denken und schüttelte dabei leicht den Kopf. Sarah und ich würden heute miteinander essen. Nicht mehr und nicht weniger. Wie meine alte Grundschullehrerin nur auf die Idee kam, wir beide könnten uns darüber hinaus … näher kennenlernen, war mir schleierhaft.

Zwar gab es diese Anziehungskraft zwischen uns, die ich nicht leugnen konnte. Allerdings waren wir beide zwei erwachsene Menschen. Sarah war eben erst aus einer langjährigen Beziehung entkommen, die übel geendet hatte. Ihr stand ganz sicher nicht der Sinn nach etwas Neuem. Und für eine kleine Ablenkung war ich nicht zu haben. Diese Zeiten waren vorbei. Ich wollte alles oder nichts.

Das war ich mir selbst schuldig.

Als ich das Hemd annähernd faltenfrei bekommen hatte, zog ich es schnell über. Ein Blick auf meine Armbanduhr verriet mir nämlich, dass ich ganz schön spät dran war. Ich wollte Sarah nicht unnötig warten lassen. Schon gar nicht, wenn sie für mich kochte.

Prüfend sah ich hinüber zu dem Spiegel, der in der Innenseite der Schranktür meines Zimmers angebracht war. Und tatsächlich, ich musste Mrs Fisher recht geben. So sah es viel besser aus. Nicht ganz so verkrampft und doch elegant genug. Hoffentlich sah Sarah das genauso.

Du willst ihr also gefallen, meinte meine naseweise innere Stimme neunmalklug.

Wenn ich es abstreiten wollte, müsste ich lügen. Es stand außer Frage, dass ich Sarah gefallen wollte. Sie gefiel mir schließlich auch. Dennoch war ich mir nicht sicher, was sie für mich empfand. Vielleicht war sie mir nur dankbar dafür, dass ich sie vor ihrem gewaltbereiten Ex gerettet hatte.

Aber die Blicke, die wir uns zuwarfen, die Sehnsucht in ihren Augen …

Entschlossen schüttelte ich den Kopf, als mein Gedankenkarussell sich mal wieder zu drehen begann. Es war nicht die Zeit dafür. Ich musste jetzt los, wenn ich nicht zu spät kommen wollte.

Also ging ich nach unten in den Flur, verabschiedete mich von Mrs Fisher, zog mir meinen Mantel und die Schuhe an und schnappte mir den Schlüssel.

Als ich gerade meine Hand auf die Klinke der Haustür legen wollte, wurde sie von außen geöffnet. Unvermittelt stand George vor mir und machte große Augen. Prüfend sah er mich an, während ich abermals an die Skimaske denken musste, die ich in diesem Haus gefunden und in meinem Büro versteckt hatte.

»Hey«, sagte er nach einer ganzen Weile, in der wir uns schweigend gegenübergestanden hatten.

Ich erkannte die Fragen in seinem Blick. Und die Sorge. Offenbar wusste er, dass ich hinter sein Geheimnis gekommen war.

Am liebsten hätte ich ihn gefragt, wie er seiner Frau nur etwas derartig Schlimmes antun konnte. Schließlich war sie als Grundschullehrerin allen in St. Ives bekannt. Und sie war stets sehr beliebt gewesen. Wenn nun herauskäme, was George getan hatte, würden sich die Leute vermutlich von beiden abwenden.

So weit durfte es nicht kommen. Also hatte ich aus einem Impuls heraus gehandelt und die Skimaske an mich genommen. Allerdings hatte ich keine Ahnung, was ich nun damit anstellen sollte. Sicher wäre es das Beste, Liz auf die Fährte zu bringen, aber gleichzeitig dafür zu sorgen, dass die Fishers jedes Zweifels erhaben blieben. Oder sollte ich sie doch besser wegschmeißen?

»Ich muss los. Sarah hat mich zum Essen eingeladen«, erklärte ich unnötigerweise.

Schließlich hatte Mrs Fisher ihrem Mann sicher schon davon berichtet. Die Eheleute erzählten sich alles. Zumindest Mrs Fisher war ihrem Mann gegenüber offen und ehrlich.

»Dann wünsche ich dir einen schönen Abend, mein Junge. Und wer weiß? Vielleicht ist es ja die Frau deines Lebens. Die Frau, für die du bereit bist, alles zu tun. In guten wie in schlechten Zeiten. Bis dass der Tod euch scheidet.«

George hielt den Blickkontakt und zwinkerte nicht einmal. Ich wusste, dass es bei seinen Worten nicht um Sarah und mich ging.

»Das wird sich zeigen«, erwiderte ich und ging schließlich an George vorbei in die klirrend kalte Nacht.

Kapitel 17

Sarah

Unsicher blickte ich auf das indonesische Gemüsecurry vor mir in der Pfanne. War es wirklich eine gute Idee, ausgerechnet eines der schärfsten Gerichte, die ich kannte, zuzubereiten, wenn Jago zum Essen kam?

In den trüben Wintermonaten hatte ich es mir angewöhnt, Gerichte aus aller Welt zu kochen, vorzugsweise aus wärmeren Gefilden. Auf diese Weise holte ich mir ein wenig Urlaub auf den Teller und erinnerte mich daran, wie wunderschön die Zeit in den jeweiligen Ländern gewesen war.

Auch wenn ich inzwischen wusste, dass Matthew und ich keine Zukunft hatten, war es doch schön, sich an unsere Zeit im Ausland zu erinnern. Dabei versuchte ich mich vor allem auf die Erfahrungen und Erlebnisse zu konzentrieren und Matthew immer weiter auszublenden. Vielleicht würde es mir eines Tages möglich sein, ihn ganz daraus wegzupixeln. Aber das war jetzt nicht der Abend, um mir ausgerechnet darüber Gedanken zu machen.

Als es an der Wohnungstür klingelte, erschrak ich so sehr, dass ich beinahe den Kochlöffel ins Curry geworfen hätte. Dabei war das sicher Jago. Wer sonst?

Er hatte schließlich als Einziger einen Schlüssel für die Haustür. Es war also alles in bester Ordnung.

Bis auf die winzig kleine Kleinigkeit, dass ich furchtbar aufgeregt war. Jago war schließlich nicht irgendein Mann, der zum Essen bei mir vorbeikam. Er war sexy, und in seiner Gegenwart fühlte ich mich sicher und geborgen.

Kopfschüttelnd ging ich zur Wohnungstür, um meinen Gast nicht länger warten zu lassen. Der Reis war auch fast fertig. Perfektes Timing.

Mit einem möglichst coolen »Hi« öffnete ich ihm die Wohnungstür. Erst dann fiel mir auf, dass ich nach wie vor die hässliche Schürze umhatte, die ich mir in Mexiko gekauft hatte. Etwas umständlich pfriemelte ich an den beiden Enden herum, mit denen ich sie um meine Hüften gebunden hatte, bis ich den Knoten schließlich lösen und mir die Schürze über den Kopf ziehen konnte.

»Hi, Sarah! Vielen Dank für die Einladung.«

Jago lächelte mich mit diesem schiefen Grinsen auf den Lippen an und überreichte mir eine Flasche Rotwein.

»Sehr gerne. Komm doch herein!«, beeilte ich mich mit dem Rotwein und der Schürze in der Hand zu sagen.

Kaum über der Schwelle, blickte Jago sich interessiert in meiner Wohnung um, ohne dabei zu aufdringlich zu wirken. Ich warf derweil die Schürze in den Schuhschrank und einen letzten musternden Blick in den Garderobenspiegel.

»Schön hast du es hier, Sarah.«

Lächelnd hielt Jago in der Bewegung inne. Offenbar wusste er nicht so recht wohin. Verlegen fuhr er sich mit der Hand durchs Haar, während ich nervös die Flasche in meiner Hand so fest drückte, dass sie jeden Moment zwischen meinen Fingern zerbersten musste.

»Danke.«

Da fiel mir der Reis wieder ein, den ich dringend aus dem Topf holen musste, wenn er noch genießbar sein und keinen unförmigen Klumpen gebildet haben sollte. Ein wenig schwungvoll schlängelte ich mich dabei an Jago vorbei und rutschte ungeschickt auf dem Läufer aus.

Schon im nächsten Moment fand ich mich mitsamt der Flasche in Jagos Armen wieder. Seine Augen fixierten mich, während mein Herz in meinem Brustkorb so schnell schlug, dass ich befürchtete, Jago könnte es durch meine Bluse hindurch klopfen sehen.

»Hoppla.«

Lächelnd sah er mich an, während er mich noch immer hielt.

Meine Knie fühlten sich plötzlich wieder schrecklich weich an. Ich war mir nicht sicher, ob sie mein Gewicht würden tragen können. Vielleicht sollte ich besser auf allen vieren in die Küche kriechen. Oder noch besser: robben. Aber wie sähe das denn aus? Wenn ich die Flasche in meiner Hand bereits ausgetrunken hätte, dann wäre es womöglich eine Option. Aber so …

»Irgendwas riecht da …«

»Das Curry«, rief ich panisch und rannte in die Küche.

Ohne lange darüber nachzudenken, riss ich die Pfanne von der Herdplatte und stellte den Topf an die Spüle, um den Reis abzugießen. Als ich mich dann wieder dem Inhalt der Pfanne zuwendete, stellte ich fest, dass alles noch mal gut gegangen war. Man würde das Curry essen können. Zumindest dann, wenn man es gerne scharf angebraten mochte.

»Wir können gleich essen. Es ist alles fertig«, hörte ich mich sagen, wie um mich selbst zu beschwichtigen.

Es war alles in Ordnung. Das Essen war nicht verbrannt, und ich fühlte mich nur leicht verunsichert in Jagos Nähe.

Leicht verunsichert? Dass ich nicht lache! Du bist hochgradig verliebt. So sieht das aus, spottete meine innere Stimme und schnappte sich eine Tüte Popcorn.

Offenbar konnte sie gar nicht abwarten, wie es nun weitergehen würde. Tja, was das anbelangte, waren wir schon zu zweit.

Als ich mich umwandte, um den Reis in eine Schüssel zu füllen, stand Jago so dicht bei mir, dass mir sein Aftershave die Sinne vernebelte. Der Geruch war maskulin und erfrischend, dabei wirkte er so betörend auf mich, dass ich mich am liebsten an Jagos Hals geschmissen hätte.

Bei diesem Gedanken wurde ich mir der Stärke der Anziehungskraft bewusst, die von Jago auf mich ausging. Dabei wollte ich mich doch gar nicht verlieben. Die Trennung von Matthew war ganz frisch. Aber wenn ich ehrlich zu mir selbst war, dann hatte unsere Beziehung bereits im letzten Halbjahr Schiffbruch erlitten. Wir hatten uns das nur beide nicht eingestehen wollen. Wer weiß, ob es dann nicht besser geendet hätte. Aber das war eine andere Frage.

»Kann ich dir irgendwie behilflich sein? Wenn du mir sagst, wo die Teller sind, dann hole ich sie.«

Jago schien sich auch nicht ganz wohl in seiner Haut zu fühlen.

»Da drüben, über der Spüle. Da findest du die Teller.«

Als Jago mir beide überreicht hatte, befüllte ich sie mit Reis und Curry, während ich betete, es möge ihm nicht zu scharf sein. Jago trug alles nach nebenan ins Ess- und Wohnzimmer, wo ich bereits eingedeckt hatte.

»Was möchtest du trinken?«, fragte ich, kaum dass ich mich hingesetzt hatte.

Ich war wirklich eine miserable Gastgeberin. Dabei war das doch sonst nicht meine Art. Aber irgendetwas an Jago brachte mich komplett aus dem Konzept. Ich war schon froh, dass ich noch wusste, wie ich hieß, obwohl ich mir bei meinem Nachnamen inzwischen nicht mehr sicher war.

»Wenn du möchtest, dann öffne ich den Wein für uns«, schlug er vor.

»Das ist eine tolle Idee«, piepste ich und wollte mir innerlich vor die Stirn schlagen.

Darauf hätte ich schließlich selbst kommen können.

Während Jago sich in die Küche aufmachte, nachdem ich ihm erklärt hatte, wo er den Korkenzieher und die Gläser finden würde, atmete ich mehrere Male tief ein und wieder aus. Das wiederholte ich so oft, bis Jago mit zwei gefüllten Gläsern und der angebrochenen Rotweinflasche im Arm zurück war.

Kaum saßen wir nun beide, führte Jago seinen ersten Bissen auf der Gabel zum Mund. Währenddessen hielt ich den Atem an, weil ich furchtbar gespannt darauf war, ob es ihm zu scharf sein würde.

Doch Jago verzog keine Miene, während er aß. Erleichterung flutete meine Blutbahnen, bis ich den ersten Bissen genommen und das Gefühl hatte, gleich wie ein Drache Feuer speien zu müssen.

Während das Curry vor sich hingeköchelt hatte, musste sich seine Intensität noch einmal vertieft haben. In meiner Not griff ich zum Weinglas und nahm einen viel zu großen Schluck daraus. Für gewöhnlich hatte ich keine Probleme mit Alkohol. Nun, da sich das rote Getränk in meine Blutbahnen ergoss, wurde ich mir jedoch der Tatsache bewusst, dass ich schon viel zu lange keinen Alkohol mehr getrunken hatte. Blieb abzuwarten, wie gut ich ihn vertragen würde.

Erst jetzt bemerkte ich den Blick, den Jago mir zuwarf. Etwas zwischen Faszination und Unglaube spiegelte sich darin wider. Am liebsten wäre ich postwendend im Erdboden versunken.

Der Abend war die reinste Katastrophe. Und dabei wollte ich mich doch auf diese Weise bei Jago bedanken. Doch mittlerweile musste er denken, ich wäre eine schwere Alkoholikerin, die ihr Leben nicht im Griff hatte. Wenn man die übrigen Baustellen in meinem Leben betrachtete, dann war der Eindruck nicht von der Hand zu weisen. Außer das mit der Alkoholikerin. Da bestand wirklich keine Gefahr.

»Ganz schön scharf«, versuchte ich mich lächelnd zu rechtfertigen, während Jago unbekümmert die nächste Gabel zum Mund führte.

Wie wild fächerte ich mir Wind zu, während mir Tränen in die Augen schossen. Das war mir auch noch nicht passiert, dass ich mein eigenes Curry zu scharf fand. Schließlich hatte ich mich auf meinen Reisen monatelang davon ernährt. Und das Gericht war im Original vor Ort mit Sicherheit noch intensiver gewesen.

»Ich finde es genau richtig.«

Lächelnd zwinkerte Jago mir zu, während ich mit einer Serviette über meine Stirn fuhr.

Ich musste vorhin aus Versehen die Heizung hochgedreht haben. Anders konnte ich mir die plötzliche Hitze nicht erklären. Am liebsten hätte ich mich aus meinen Klamotten geschält und wäre nackt durch die Wohnung spaziert. Aber das schien mir in Anbetracht dessen, dass ich nicht allein war, nicht unbedingt die beste Idee zu sein.

»Es freut mich, dass es dir schmeckt«, erwiderte ich bemüht lächelnd, während ich unbeholfen aus meinen Lammfellhausschuhen schlüpfte.

Das sollte für den Moment genügen. Ob ich allerdings auch nur noch einen Bissen meines eigenen Currys herunterbekommen würde, war zweifelhaft.

Aber besser verhungert, als bis auf die Knochen blamiert. Hicks!

»Wo hast du in all den Jahren gesteckt, in denen du nicht hier in St. Ives warst?«

Mit meiner Frage hatte ich den Fokus vom Essen wegschieben wollen. Doch Jago schien nicht ganz begeistert darüber, dass dieser nun auf ihm lag. Seine Brauen schoben sich wie Gewitterwolken aufeinander zu, während er mich prüfend ansah.

»Ich habe in London studiert und dann einige Zeit in Dublin gelebt.«

»Wow.« Ich klang ein wenig zu euphorisch.

»Ich meine, ich war tatsächlich noch nie in Dublin. Dabei habe ich schon die halbe Welt gesehen. Aber nach Irland hat es mich bisher noch nicht verschlagen. Ist es schön dort? Sollte ich es mir mal ansehen?«

Jago wog den Kopf erst zur einen und dann zur anderen Seite.

»Es ist schön dort. Doch. Aber ich möchte in nächster Zeit nicht mehr dorthin. Zu viele … Erinnerungen.«

Und damit schien das Thema für ihn erledigt. Er machte zudem keinen Hehl daraus, dass er nur ungern weiter darüber reden wollte. Also tat ich ihm den Gefallen und sog mir fieberhaft ein unverfänglicheres Thema aus den Fingern.

»Hast du dich schon in deinem Büro eingerichtet?«

Jago lächelte. Offenbar war diese Themenwahl ganz nach seinem Geschmack.

»Es ist ein bisschen seltsam, sich nun hier in meiner alten Heimat ein neues Business aufzubauen. Aber ich bin sehr gespannt, was daraus wird. Außerdem genieße ich die Zeit hier sehr.«

Während er das sagte, sah er mir dabei so durchdringend in die Augen, dass ich es nicht wagte, auch nur zu blinzeln.

»D-das freut m-mich«, stotterte ich.

Was war nur los mit mir? Warum verlor ich in Jagos Gegenwart dermaßen die Fassung? Lag es womöglich daran, dass ich bisher noch nie allein mit ihm gewesen war? Oder war der Grund vielmehr der, dass ich das Gefühl hatte, in seiner Nähe keinen klaren Gedanken fassen zu können?

Hilfe suchend hielt ich mich an meinem Weinglas fest und trank es in einem Zug aus. Das beruhigte zumindest die Nerven für den Moment. Ob es eine besonders kluge Idee war, wagte ich jedoch schon im nächsten Augenblick zu bezweifeln. Denn da schoss mir der Alkohol vollkommen unvorbereitet in den Kopf. Auch meine Füße kribbelten nun unnatürlich.

»Alles okay bei dir? Geht es dir nicht gut?«, fragte Jago besorgt, während ich mir eine Hand auf die Stirn legte, wie um das Karussell darin von außen anzuhalten.

»Nein, nein. Alles bestens. Ich habe nur … ein wenig Kopfweh. Das ist alles. War ein bisschen viel in letzter Zeit. Aber das wird schon. Ich bleibe zuversichtlich«, redete ich mich heraus und hoffte dabei, Jago würde den Köder schlucken.

»Das glaube ich dir. Muss in letzter Zeit alles ganz schön schwer für dich gewesen sein. Vielleicht solltest du dir mal eine Auszeit gönnen«, schlug er vor.

Und sicher meinte er es nur nett. Aber allein der Gedanke an Urlaub und Reisen brachte mich postwendend zu Matthew.

Also schüttelte ich vehement den Kopf.

»Es geht schon. Ich bin gerne in meinem Café. Außerdem, woher kriegst du denn dann den weltbesten Kaffee, wenn ich nicht da bin?«, scherzte ich, während ich bemerkte, dass Jago mein Glas abermals gefüllt hatte.

Das war mir gar nicht aufgefallen.

»Das wäre wirklich traurig. Also wegen des Kaffees, versteht sich. Ich liebe Kaffee. Ohne Kaffee bin ich gar nicht in der Lage zu denken, geschweige denn zu arbeiten. Kaffee und ich … wir sind eins. Wenn man so will.«

Bildete ich es mir nur ein oder redete sich Jago da gerade um Kopf und Kragen?

»Kaffee ist toll«, stimmte ich ihm zu und hob dabei die rechte Hand zur Faust geballt in die Höhe.

Dass ich dabei nicht »Kaffee für alle« rief, konnte mich auch nicht mehr retten.

Peinlich. Superpeinlich. Peinlicher ging's nicht.

»Kaffee also.«

Jago schmunzelte und schüttelte leicht den Kopf.

»Eine große Leidenschaft«, erwiderte ich, nach wie vor nicht ganz Herrin meiner selbst.

Aber da ich bezweifelte, mich an diesem Abend noch schlimmer blamieren zu können als ohnehin schon, plapperte ich munter drauflos.

»Eine fürs Leben«, sprang Jago drauf an und lächelte dabei verschwörerisch.

Wir hatten offenbar einen ganz ähnlichen Humor. Das war wichtig. So zwischen … Geschäftspartnern. Nicht auszudenken, was passieren würde, wenn wir da nicht auf einer Wellenlänge lägen.

»Möchtest du noch etwas Reis und Curry?«, hakte ich nach, als ich bemerkte, dass Jago längst aufgegessen hatte.

Ich war wirklich eine verdammt schlechte Gastgeberin.

Doch Jago winkte ab.

»Das war ganz köstlich, allerdings bin ich jetzt satt. Ich bekomme definitiv nichts mehr runter. Außer vielleicht …«

»… einen Kaffee«, erwiderte ich grinsend.

Kaum dass ich Jagos Satz beendet hatte, begannen wir beide wie verrückt zu lachen. Wir lachten und lachten, bis uns die Tränen kamen und die Bäuche wehtaten.

Nach einer ganzen Weile beruhigten wir uns wieder. Jago beugte sich zu mir rüber und wischte mir die Tränen von den Wangen. Die Berührung kam vollkommen unerwartet. Wie zur Salzsäule erstarrt, bewegte ich mich keinen Millimeter, während ich dem Gefühl nachspürte, das seine Finger auf meiner Haut ausrichteten.

Als er seine Hand wieder wegziehen wollte, legte ich meine darauf und hinderte ihn so daran.

»Sarah, ich …«

Beherzt legte ich einen Finger auf seine Lippen, um ihn vom Weiterreden abzuhalten. Denn seinem ernsten Gesichtsausdruck nach zu urteilen, würde er mir gleich sagen, dass es besser wäre, wenn er nun ginge. Wegen des Alkohols. Und der intimen Atmosphäre, die begann, immer mehr Raum einzunehmen.

»Pst! Das spielt jetzt alles keine Rolle«, behauptete ich, erhob mich von meinem Stuhl und setzte mich auf Jagos Schoß.

Noch ehe er protestieren konnte, küsste ich ihn. Jago wirkte zunächst überrumpelt, ließ sich dann jedoch auf den Kuss ein. Schon wenige Sekunden später begannen unsere Lippen einen wilden Reigen, während unsere Zungen auf Tuchfühlung gingen. Mein Kopf drehte sich vor Glück, während mein Körper immer mehr Endorphine ins Blut pumpte.

Es war verdammt lange her, dass ich mich so wohl und glücklich gefühlt hatte. Während Jago mit seinen Händen unter meinen Pullover glitt, wünschte ich mir sehnlichst, er würde ihn mir gleich ausziehen. Meine Ungeduld war kaum zu bändigen. Allerdings wollte ich Jago auch nicht verschrecken. Am Ende war er schneller zur Tür raus, als ich »Nimm mich!« rufen konnte.

Und das wollte ich auf gar keinen Fall riskieren.

»Sarah«, hauchte er mir ein ums andere Mal ins Ohr, während er meinen Hals mit Küssen übersäte.

Eine Gänsehaut zog mir über den ganzen Körper. Das Kribbeln in meinem Bauch war kaum noch auszuhalten. Bevor ich weiter über all das hier nachdenken konnte, erhob ich mich und lotste ihn in mein Schlafzimmer.

Jago folgte mir bereitwillig. Wir küssten uns und konnten wie Teenager nicht die Hände voneinander lassen. So hatte ich, im Schlafzimmer angekommen, nur noch meinen BH und den Slip an.

»Bist du dir ganz sicher?«, fragte Jago mit festem Blick.

Seine Fürsorge rührte mich. Doch gerade jetzt wollte ich mir nicht sicher sein oder haarklein über alles nachdenken. Ich wollte geliebt werden. Und zwar von ihm. Was morgen war, stand auf einem anderen Blatt Papier geschrieben.

»Ich bin mir ganz sicher«, sagte ich, zog Jago ins Schlafzimmer und schloss schließlich die Tür.

Kapitel 18

Jago

Als ich am nächsten Morgen erwachte, dauerte es einen Moment, bis ich wusste, wo ich mich befand.

Vorsichtig öffnete ich meine Lider aus Angst, allein dieses kaum merkliche Geräusch könnte dazu führen, dass Sarah neben mir aufwachen würde. Ich war egoistisch. Ich wollte sie noch einen winzigen Augenblick ansehen, während sie selig ruhig neben mir schlief, und an die vergangene Nacht zurückdenken, die wir miteinander verbracht hatten.

Es war lange her, dass mich eine Frau so berührt hatte. Bei Sarah hatte ich das Gefühl, nach langer, rastloser Reise endlich angekommen zu sein. Mein Glück war kaum in Worte zu fassen. Und ich bemerkte, dass ich mich in Sarah zu verlieben begann.

Alles hätte an diesem Morgen so schön sein können, wenn mein doofes Gehirn nicht angefangen hätte, sich Gedanken darüber zu machen, was die Leute von uns halten würden.

Ich konnte sie schon hinter vorgehaltener Hand über uns reden hören, sie sehen, wie sie mit den Fingern auf uns deuteten. Sarah war gerade erst frisch getrennt. Sie würden mir vorhalten, ich hätte ihre Situation ausgenutzt, um bei ihr zu landen. Und sie würden ihre

Meinung bestätigt sehen, dass ich mich kein bisschen verändert hätte.

Wütend über mich selbst schlug ich die Bettdecke schwungvoll zur Seite. Das hier war keine gute Idee gewesen. Wenn ich mich beeilte, dann würde vielleicht keiner mitkriegen, was zwischen Sarah und mir vorgefallen war. Und Sarah würde sich nicht mit dem Gedanken tragen müssen, einen schlimmen Fehler begangen zu haben.

»Guten Morgen!«, hörte ich da Sarah in meinem Rücken sagen.

Meine impulsive Bewegung hatte dazu geführt, dass sie aufgewacht war. Ich hätte es wissen müssen. Allerdings hatte ich mich von meinen Gefühlen leiten lassen.

Mit einem »Hey!« wandte ich mich zu ihr um, nachdem ich meine Boxershorts und die Jeans übergezogen hatte.

»Musst du los?«, fragte sie bekümmert.

Es war mir fast unmöglich, ihrem sorgenvollen Blick standzuhalten.

»Ja, ich muss … noch ein paar Dinge erledigen.«

Dazu gehörte unter anderem, die Skimaske, die ich in meinem Büro deponiert hatte, loszuwerden. Es war eine dumme Idee gewesen, das Corpus Delicti ausgerechnet bei mir zu verstecken. Anstatt sie an mich zu nehmen, hätte ich sie dort liegen lassen sollen, wo ich sie gefunden hatte. Schließlich war das Ganze nicht mein Problem. Wenn sich die Skimaske jedoch noch länger in meinem Besitz befand, dann stand zu befürchten, dass sie jemand entdeckte und Schlüsse daraus zog.

»Das ist … sehr schade«, erwiderte Sarah und machte dabei den Eindruck, als hätte ich sie mit meinen Worten zutiefst verletzt.

»Glaub mir, Sarah, es ist besser so«, versuchte ich sie zu beruhigen und mein schlechtes Gewissen zu beschwichtigen.

Beides gelang mir eher mittelmäßig, um nicht zu sagen: gar nicht.

»Heißt das, du bereust die gemeinsame Nacht mit mir?«

Ihre Frage traf mich mitten ins Herz. Ich wusste, dass ich diese Frage bejahen sollte, da es die Sache für uns beide leichter machen würde. Doch ich konnte nicht.

»Nein. Ich … Es ist … kompliziert.«

»Geht es dir um das Gerede der Leute?«

Als sie postwendend auf diesen Punkt zu sprechen kam, hatte ich das Gefühl, sie könnte in meinen Gedanken lesen.

»Ja, auch. Es ist … schwierig. Mir eilt ein gewisser Ruf voraus. Die Leute werden sagen, ich hätte deine

Situation ausgenutzt. Und das habe ich auch irgendwie. Dabei habe ich mich in den letzten Jahren wirklich verändert. Doch am Ende zählt nur das Bild, das sich die Menschen in ihren Köpfen von dir gemacht haben.«

Sarah seufzte und klopfte dabei auf die Bettkante, wie um mich zu bitten, neben ihr Platz zu nehmen.

Ich tat ihr den Gefallen, auch wenn ich wusste, dass es ein Fehler war.

»Die Leute sind mir vollkommen egal, Jago. Und dir sollte es auch egal sein, was andere womöglich denken. Die Menschen, denen etwas an uns liegt, die werden sich mit uns freuen. Die anderen wirst du nie bekehren können. Denn die Menschen glauben, was sie glauben wollen, und nicht das, was sie glauben sollen.«

»Es ist jetzt dennoch besser, wenn ich gehe, Sarah.«

Ich wollte mich schon wieder von ihrem Bett erheben, als sie mich mit ihrer Hand auf meinem Arm daran hinderte.

»Tut dir die letzte Nacht leid? Bist du der Meinung, es war ein Fehler? War *ich* ein Fehler?«

»Was? Nein! Auf keinen Fall, Sarah. Ich empfinde etwas für dich. Und diese gemeinsame Nacht war wunderschön. Aber sie verändert auch alles. Ich muss … mich erst mal an diese neue Situation gewöhnen. Sei mir bitte nicht böse, aber ich brauche … Zeit. Zeit, um mir der Dinge bewusst zu werden, die passiert sind, und mir zu überlegen, wie es weitergehen kann. Vielleicht war es doch keine gute Idee, zurück nach St. Ives zu kommen.«

Damit zog ich das Hemd über und schlüpfte in meine Schuhe.

»Ich bin da. Okay?«

Am liebsten hätte ich Sarah in diesem Moment ganz fest in meine Arme genommen und ihr versprochen, sie nie wieder loszulassen. Aber die äußeren Umstände führten dazu, dass ich mich unwohl in meiner Haut fühlte.

Mit einem »Wir sehen uns« verabschiedete ich mich von ihr und hätte mir am liebsten gleich darauf in den Hintern gebissen.

Was war nur los mit mir? Sarah war eine wundervolle Frau. Sie hatte Humor, war aufgeschlossen, liebevoll, zärtlich und offen. Und das alles trat ich gerade mit Füßen, weil ich mich vor dem Gerede meiner Mitmenschen fürchtete?

Als ich mich zu Sarah umwandte, nickte sie mir kaum merklich zu. Ich konnte ihr ansehen, dass sie sich bemühte, mich und mein Handeln zu verstehen. Doch offenbar ging es ihr wie mir.

»Bis bald« war das Letzte, was ich von ihr hörte, als ich ihre Wohnung verließ und mich nach unten in mein Büro aufmachte.

Bevor ich zu den Fishers gehen und mich duschen und umziehen würde, musste ich die vermaledeite Skimaske loswerden, die mich ansonsten ganz sicher früher oder später in Teufels Küche bringen würde.

Beherzt griff ich nach meiner Bürotür und hielt geradewegs auf den Rollcontainer unter meinem Schreibtisch zu, in dem ich das Beweisstück für Georges kriminelle Ader versteckt hatte. In meiner Hosentasche kramte ich nach dem Schlüssel. Es dauerte ein wenig, den Schrank zu öffnen, da meine Hände so zitterten. Als es endlich geschafft war, nahm ich die Skimaske an mich und hob den Blick.

»Was hast du da, Jago? Was ist das?«, fragte mich Sarah, die in ihrem Bademantel wie aus dem Nichts im Türrahmen aufgetaucht war.

Kapitel 19

Sarah

Mein Herz schlug mir bis zum Hals, während ich Jago beobachtete, der ein schwarzes Stück Stoff in seinen Händen drehte.

War das wirklich möglich? Hatte ich soeben einen ganz schlimmen Fehler begangen, als ich Jago in mein Haus und in mein Leben ließ? Bitte, das durfte nicht sein! Das würde ich nicht verkraften.

»Sarah, es ist nicht so, wie es scheint«, behauptete Jago wie ein Darsteller einer seichten Daily-Soap und eilte dabei mit der Skimaske in der Hand auf mich zu.

Instinktiv wich ich einen Schritt vor ihm zurück. Ich wollte ihn nicht mehr näher an mich heranlassen. Nie wieder. Wie hatte er mein Vertrauen nur derart ausnutzen können?

Und was stimmte bitte nicht mit mir? Erst ein potenziell gewaltbereiter Ex-Freund, der vor nichts zurückschreckte, um mich aus meinem geliebten Café zu ekeln, und nun ein attraktiver Untermieter, der in seiner Freizeit als Bankräuber tätig war?

»Ich habe diese Skimaske gefunden. Ehrlich! Das musst du mir glauben. Ich habe nichts damit zu tun. Ich habe sie nur an mich genommen.«

Jagos Worte hämmerten wie Trommelschläge auf mich ein.

»Du hast sie also gefunden. Und warum nimmst du sie dann mit in dein Büro und schließt sie in diesem Schrank dort ein, anstatt sie zur Polizei oder – noch besser – zu Liz zu bringen?«

Sosehr ich Jago auch Glauben schenken wollte, ich konnte es schlichtweg nicht. Die Indizien sprachen gegen ihn. In allen Punkten.

»Das … Es ist kompliziert. Ich möchte nicht …«

»Na, was ist denn hier los?«, hörte ich plötzlich Liz in meinem Rücken sagen, die Jago damit mitten im Satz unterbrach.

Noch ehe ich etwas erwidern konnte, stand Liz auch schon in Jagos Büro und zählte eins und eins zusammen. Leugnen war also zwecklos. Zumindest machte mir das Jagos Gesichtsausdruck überdeutlich klar. Er war aufgeflogen. Der Bankräuber von St. Ives war überführt. Und ich war ihm zuvor noch voll auf den Leim gegangen.

»Liz, kümmerst du dich darum?«, fragte ich, einer Ohnmacht nahe, und deutete dabei auf Jago.

»Mach dir keine Sorgen, Liebes. Ich habe hier alles im Griff. Du kannst dich in der Backstube um deine Spezialitäten kümmern. Jago wird nicht mehr hier sein, wenn du wieder rauskommst.«

Und damit ging ich nach oben in meine Wohnung, sah die stummen Zeugen der vergangenen Nacht. Wie ein Mahnmal erinnerten mich das unaufgeräumte Wohnzimmer und das zerwühlte Bett daran, dass Jago hier gewesen war.

Am liebsten hätte ich mich ins Bett gelegt, mir die Decke über den Kopf gezogen und mich den Tränen hingegeben, aber ich musste funktionieren, wenn ich auch nur den Hauch einer Chance haben wollte, mein Café zu halten. Und das wollte ich. Jetzt umso mehr. Denn etwas anderes hatte ich nicht.

Also sprang ich unter die Dusche, zog mir etwas Frisches über und ging dann hinunter in die Backstube. Aus Jagos Büro waren Stimmen zu hören, doch ich widersetzte mich dem Drang, nachzusehen, was dort vor sich ging.

Jago und ich würden ab sofort wieder getrennte Wege gehen. Er hatte recht gehabt damit. Es war ein Fehler, sich auf ihn einzulassen. Auch wenn ich mir das nur ungern eingestand, hatte ich offenbar ein Händchen dafür, mir immer den Falschen auszusuchen. Vielleicht sollte ich mein Herz ab sofort in einen sicheren Tresor packen und den Code dafür vergessen. Besser wäre es allemal.

Seufzend machte ich mich daran, mir die Arbeitsschürze umzubinden und das Radio anzuschalten. Egal, was da gerade in meinem Haus vor sich ging, ich wollte auf gar keinen Fall weiterhin Zeuge davon werden.

Dann machte ich mich daran, Brötchen für meine Kunden zu backen. In ganz St. Ives gab es diese nur bei mir. Ein Mitbringsel aus meiner Zeit in Deutschland. Und die Engländer liebten sie. Als die erste Fuhre im Ofen war, wurde ich ruhiger. Nach einer Weile ging ich zur Tür, öffnete sie einen Spaltbreit und horchte in die Stille hinein. Ich war allein.

»Ich hätte gerne das Langschläferfrühstück. Anstatt des Orangensafts aber bitte ein Glas Wasser. Saft schlägt mir immer zu sehr auf den Magen. Das Ei bitte hartgekocht, und bei der Marmelade muss es Erdbeere sein. Ich bin da sehr wählerisch.«

Während ich die Wünsche meiner Gäste aufschrieb, flüchteten sich meine Gedanken immer wieder zu Jago und der vergangenen Nacht. Ich konnte einfach nicht verstehen, wie ich mich derart in dem Mann getäuscht hatte.

Jago war doch kein Bankräuber. Oder doch?

Noch bis vor wenigen Tagen hätte ich auch nie für möglich gehalten, dass Matthew mir Gewalt androhen könnte. Das war für mich unvorstellbar gewesen. Und nun war es doch eingetroffen.

»Ach ja, und dann hätte ich gerne noch einen Cappuccino mit extraviel Zucker. Oh, und ein Kähnchen aufgeschäumter Milch zusätzlich. Sonst stimmt das Verhältnis nicht.«

Ich machte mir abermals Notizen und dachte dabei darüber nach, wo Liz Jago wohl hingebracht hatte. Sicher saß er längst in einer Arrestzelle der Polizeistation. Ob er bereits gestanden hatte? Wie lange würde er für sein Vergehen hinter Gitter wandern? Zwei Jahre oder doch eher zehn? Ich kannte das Strafmaß einer solchen Tat nicht. Aber wenn er zuvor nicht strafrechtlich in Erscheinung getreten war, dann konnte er vielleicht sogar mit einer Bewährungsstrafe rechnen.

»Ich sehe gerade, dass in dem Obstsalat Melonenstücke sind. Die müssen leider raus. Ich bin hochgradig dagegen allergisch. Das andere Obst darf auf keinen Fall damit in Berührung gekommen sein. Sonst erleide ich im schlimmsten Fall einen anaphylaktischen Schock.«

Den hatte ich heute Morgen auch erlitten, als ich Jago in seinem Büro stehen und die Skimaske in seiner Hand hatte halten sehen.

Warum er die Tat wohl begangen hatte? Vielleicht, um sich hier eine neue Existenz aufzubauen. Für das Zimmer hatte er die Miete ein Jahr im Voraus bezahlt.

Das war mir zwar ein wenig merkwürdig vorgekommen, allerdings war ich gerade dankbar für jede Pfundnote, die mir zugespielt wurde. Also hatte ich nicht weiter nachgefragt und mich damit abgefunden.

»Das sollte dann alles sein«, meinte der hochgewachsene Mann mit den ergrauten Schläfen und den ausgeprägten Geheimratsecken.

»Ich nehme einen Kaffee. Schwarz. Das war's«, erwiderte seine weibliche Begleitung und weckte dabei Erinnerungen an mein erstes Aufeinandertreffen mit Jago.

Wie er da so vor mir gestanden hatte, wusste ich gleich, dass etwas zwischen uns war. Die Anziehungskraft war mit Händen greifbar gewesen. Und doch hatte ich geglaubt, mich ihr widersetzen zu können. Wie naiv ich doch gewesen war.

»Kommt sofort«, beeilte ich mich zu sagen und flüchtete mich in die Küche, um die Bestellung aufzugeben, ehe ich mich daranmachte, die Heißgetränke durchzulassen.

»Er ist in Gewahrsam«, meinte Liz, die in der Zwischenzeit unbemerkt am Tresen vor mir Platz genommen hatte.

Ich erschrak ein wenig und hätte die Tasse in meiner Hand dabei beinahe zu Boden fallen lassen.

»Jago?«, fragt ich unnötigerweise.

Schließlich hatte es keinen zweiten, ähnlich gelagerten Fall heute hier in meinem Cottage gegeben.

Liz nickte.

»Es tut mir leid«, fügte sie kleinlaut hinzu.

»Das muss es nicht. Wenn er der Bankräuber von St. Ives ist, dann muss er für seine Taten bestraft werden. So einfach ist das«, erwiderte ich und brachte dann schnell den Kaffee und den Cappuccino an den Tisch, wo sie eben bestellt worden waren.

»So einfach ist das eben nicht, Sarah. Ich habe doch gesehen, wie du ihn angeschaut hast. Du hast dich in ihn verliebt. Stimmt's?«

Liz war eine ausgezeichnete Detektivin. Sie wusste über alles Bescheid. Leugnen war zwecklos. Also nickte ich.

»Das tut mir so leid für dich. Vor allem nach der Pleite mit Matthew. Wer hätte geglaubt, dass ausgerechnet Jago den Überfall auf die Bank begangen hat? Mir kam es so vor, es hätte ihn schwer getroffen, als ich ihn in Verdacht hatte.«

Sie gab einen Laut der Verwunderung von sich.

»Das wusste ich ja gar nicht«, erwiderte ich ein wenig verunsichert.

Aber letztlich war die Maske doch in seinem Besitz gewesen. Warum hätte er sie an sich nehmen und dort verstecken sollen, wenn er nicht der Täter war? Das ergab doch keinen Sinn. Egal, wie lange ich darüber nachdachte.

»Doch, doch. Jago scheint in seiner Abwesenheit Schauspielunterricht genommen zu haben. Sein Entsetzen auf meine Bemerkung hin war überzeugend. Ich hatte ihm geglaubt und in diese Richtung nicht weiter ermittelt. Ein Fehler, wie sich nun zeigt. Aber am Ende ist man ja bekanntlich immer klüger.«

Oh, davon konnte ich ein Lied singen. Klüger war ich nach der gestrigen Nacht und besonders nach dem heutigen Morgen nämlich auch. Und enttäuschter.

»Was passiert jetzt mit ihm?«, fragte ich, obwohl ich das Thema besser zu den Akten legen und nach vorn schauen sollte.

Jago und ich waren getrennte Leute.

»Er wird zu der Tat verhört. Die Indizienlage ist so immens, dass er im besten Fall gestehen wird. Gut möglich, dass das Auswirkungen auf sein Strafmaß hat. Aber das liegt nun alles nicht mehr in meiner Hand. Der Fall ist abgeschlossen, und ich bin damit arbeitslos. Zur Feier des Tages sollte ich mir ein riesiges Frühstück genehmigen, allerdings steht mir heute so gar nicht der Sinn danach. Jago ist womöglich der Täter, aber das fühlt sich irgendwie nicht richtig für mich an. Als hätte ich etwas übersehen.«

Die Hoffnung, die in Liz' Worten für mich mitschwang, musste ich ignorieren, wenn ich über meinen neuerlichen Herzschmerz hinwegkommen wollte. Jago war ein Krimineller. Das stand für mich fest. Nur mein Herz wollte noch nicht so recht hören.

»Vielleicht willst du nur nicht, dass er es war«, erwiderte ich deswegen.

»Auch wieder wahr. Gut möglich, dass ich mich da von meinen sentimentalen Gefühlen leiten lasse. Jago war immer einer von den Guten. Die anderen Kinder haben ihn in der Schule oft getriezt, musst du wissen. Vielleicht wollte er ihnen auf diese Weise eins auswischen. Laura müsste in seinem Alter sein. Vielleicht waren sie sogar in einer Klasse. Wer weiß, welche Narben das auf seiner Seele hinterlassen hat. Kinder können so gemein sein«, überlegte Liz laut.

Mit Sicherheit gab es Ereignisse in unserem Leben, die uns dauerhaft prägten. Wenn ich nur an den Zwischenfall mit Matthew und den neuerlichen mit Jago dachte, wusste ich, dass ich in Zukunft viel vorsichtiger sein und neuen Menschen weit weniger bereitwillig Vertrauen schenken würde. Wir alle mussten mit der Vielzahl unserer Erfahrungen leben. Sowohl der guten als auch der schlechten.

»Es ist unerheblich, was Jago in der Vergangenheit widerfahren ist, Liz. Die Bank zu überfallen, war sein freier Entschluss«, fällte ich mein abschließendes Urteil über den Mann, der noch vor wenigen Stunden mein Herz hatte höher schlagen lassen.

Die Verbitterung in meinen Worten war kaum zu leugnen. Es tat weh, von Jago derart hintergangen worden zu sein.

»Man wird sehen, was die Polizei in Erfahrung bringt«, schloss Liz das Thema für den Moment.

»Habt ihr Jago gesehen? Der Junge ist nicht nach Hause gekommen.«

Mrs Fisher kam ganz außer Atem in mein Café gestürzt. Kurz nach ihr erreichte auch ihr Mann George die Tür. Die Besorgnis stand den beiden ins Gesicht geschrieben.

»Der Junge ist knapp dreißig, Petunia«, stellte Liz fest.

Irritiert blickte Mrs Fisher in ihre Richtung, ehe sie fortfuhr, als hätte es Liz' Einwand nie gegeben.

»Sein Büro ist dunkel. In seinem Bett hat er heute Nacht auch nicht geschlafen. Auf seinem Handy erreiche ich ihn nicht. Dabei habe ich ihm schon mehrere Nachrichten auf die Mailbox gesprochen. Jago ist doch sonst so ein verlässlicher Junge. Es muss ihm etwas zugestoßen sein.«

Dann wandte sie sich an ihren Mann, um an seiner Seite Halt zu finden.

Er legte seinen Arm schützend über ihre Schulter und zog sie fest an sich.

»War er denn heute schon mal hier?«, fragte nun George an Mrs Fishers statt.

Liz und ich tauschten Blicke.

»Jago wird verdächtigt, für den Überfall auf die Bank verantwortlich zu sein«, offenbarte Liz im Flüsterton.

Die übrigen Gäste meines Cafés mussten schließlich nicht unbedingt Wind davon bekommen. Nun bimmelte es auch noch in der Küche. Das Frühstück des wählerischen Kunden war fertig. Ich konnte nur hoffen, dass der Obstsalat nicht in Kontakt mit der Melone gekommen war. Ein weiteres Debakel am heutigen Morgen in meinem Café war so ziemlich das Letzte, was ich jetzt gebrauchen konnte.

»Was? Nein, das glaube ich nicht. Wie kommt die Polizei denn nur auf diese wahnwitzige Idee? Hast du das gehört, George? Jago, ein Krimineller. Ich verbürge mich für den Jungen. Er hat ganz bestimmt nichts mit der Sache zu tun. So wahr mir Gott helfe!«

Während Mrs Fisher Partei für ihren Schützling ergriff, brachte ich das Frühstück an den Tisch.

»Da fehlt noch die aufgeschäumte Milch, die ich zusätzlich bestellt hatte«, ermahnte er mich, kaum dass ich bei den beiden eintraf.

»Die kommt sofort. Entschuldigung«, erwiderte ich zerknirscht.

Wo war ich nur mit meinen Gedanken?

Na, natürlich bei Jago. Dumme Frage!, entgegnete meine innere Stimme, während ich mich abermals auf den Weg hinter die Theke machte.

»Wieso wurde Jago denn festgenommen? Gibt es eine Zeugenaussage, die ihn belastet? Oder wie kommt die Polizei zu dem Schluss, dass er der Täter ist?«, fragte George mit ernster Miene, während er seine Frau nach wie vor fest im Arm hielt.

»Es gibt Indizien, die ihn schwer belasten«, erklärte Liz, hielt dabei jedoch noch hinterm Berg, worum es sich dabei handelte.

Womöglich wollte sie nicht allzu viele Details preisgeben, während Jago verhört wurde.

»Indizien? Was sollen das denn für Indizien sein?«, hakte Mrs Fisher nach.

Sie machte nicht den Anschein, als würde sie sich mit einer halbherzigen Antwort zufriedengeben.

Beunruhigt beobachtete ich die drei, während ich es nicht wagte, mich in das Gespräch einzubringen. Und das, obwohl ich diejenige war, die Jago mit der Skimaske in der Hand erwischt hatte. Ob ich darüber von der Polizei verhört werden würde? Es stand zumindest zu befürchten. Noch konnte ich mit der Sache nicht abschließen.

»Der Bankräuber hat bei der Tat eine schwarze Skimaske getragen. Jago wurde heute Morgen dabei beobachtet, wie er eine schwarze Skimaske aus seinem verschlossenen Schrank genommen hat.«

Mrs Fisher schlug sich eine Hand vor den Mund.

»Aber … aber dafür kann es doch unzählige Erklärungen geben«, behauptete George, dem in der Zwischenzeit alle Farbe aus dem Gesicht gewichen war.

Offenbar hingen die Eheleute sehr an Jago. Warum auch immer. Womöglich waren sie mit ihm verwandt.

»Jago würde so etwas nie tun. Ich verbürge mich für den Jungen. Wo ist er? Ich will umgehend mit ihm reden. Dieses dumme Missverständnis muss sofort aufgelöst werden. Jago und ein Bankräuber. So weit kommt's noch!«

Mrs Fisher war nach wie vor der Überzeugung, Jago müsste unschuldig sein. Sie hatte sich aufrecht hingestellt und ihre Hände zu Fäusten geballt, als gelte es, in den Kampf gegen Ungerechtigkeit und Fehlentscheidungen zu ziehen. Ihre Miene wirkte entschlossen, nun, da sie wusste, was Jago widerfahren war.

Ganz im Gegensatz zu George. Er machte den Eindruck, als würde ihm jeden Augenblick der

Kreislauf versagen. Schweißperlen traten auf seine Stirn. Seine Verfassung war besorgniserregend.

»George, wollen Sie sich nicht hier auf den Hocker setzen?«, bot ich ihm an, da Liz und Mrs Fisher viel zu sehr mit sich selbst beschäftigt waren.

Mit einem »Ja, das ist nett« nahm er mein Angebot an.

Seine Hände klammerten sich beim Hinsetzen so krampfhaft an der Theke fest, dass seine Fingerknochen überdeutlich zutage traten.

»Die Skimaske … Aber das kann nicht sein … Wie? … Warum? …«, hörte ich ihn leise zu sich selbst sagen.

»Nur, weil du Jago vor vielen Jahren mal als Grundschullehrerin einen Teil seines Weges begleitet hast, Petunia, weißt du noch lange nicht, ob er heute nicht dazu in der Lage wäre, eine Bank auszurauben. Hat er sich denn in den vergangenen Jahren bei dir gemeldet? Oder stand er nicht vielmehr wie Phoenix aus der Asche vor deiner Tür, und du hast keine Fragen gestellt, weil du dich so sehr darüber gefreut hast, ihn wiederzusehen.«

Liz war unverbesserlich. Dabei hatte sie selbst noch vor wenigen Minuten eingeräumt, sich nicht sicher zu sein, was das Ergebnis ihrer Recherche anbelangte.

»Jago war viele Jahre fort. Das stimmt. Allerdings kenne ich ihn. Ich weiß, dass er nie und nimmer zu solch einer schändlichen Tat in der Lage wäre. Es muss sich um einen Irrtum handeln. Vermutlich hat ihm jemand die Maske untergejubelt, um ihm die Tat in die Schuhe zu schieben. Wäre nicht das erste Mal. Der arme Junge musste in der Vergangenheit schon für den ein oder anderen Streich herhalten. Diesmal sind sie aber weit über das Ziel hinausgeschossen. Ich werde die Verantwortlichen finden und zur Strecke bringen.«

Mrs Fisher ließ sich von ihrer Meinung über Jago nicht abbringen. Da konnte Liz noch so viele Argumente ins Feld führen.

»Petunia, du hörst dich an, als würdest du für eine Rolle im Paten vorsprechen. Es gibt Indizien, die Jago schwer belasten. Was die Polizei jetzt mit diesem Wissen anstellt, wird sich zeigen. Wir müssen uns ja leider eingestehen, dass die beiden Polizisten nicht unbedingt zu den hellsten Kerzen auf der Torte zählen.«

Warum beschwichtigte Liz Mrs Fisher? Wir hatten doch beide die Skimaske in Jagos Hand gesehen. Und er hatte nicht einmal richtig geleugnet. Die Behauptung, sie gehörte nicht ihm, musste er sich just in dem Moment zurechtgelegt haben, als ich ihn erwischt hatte. Was nicht von der Hand zu weisen war, wenn ich darüber nachdachte, wie überrascht er auf mein Erscheinen auf der Türschwelle zu seinem Büro reagiert hatte.

»Komm, George, wir müssen zur Polizeiwache und dieses heillose Durcheinander aufklären.«

Mr Fisher fixierte einen imaginären Punkt an der Wand und schien tief in Gedanken versunken zu sein. Seine Lippen bewegten sich langsam. Noch immer machte er einen besorgniserregenden Eindruck auf mich.

»Polizeiwache? Ja, ich komme, mein Schatz. Das ist eine gute Idee. Wir sollten gleich aufbrechen.«

George hob den Kopf, als hätte man ihn soeben wie Dornröschen aus einem hundertjährigen Schlaf wachgeküsst. Nur sah er dabei nicht ganz so fit aus, wie uns die illustrierten Seiten der Märchenbücher Dornröschen darstellten. Dennoch straffte er sich und wirkte nun gefasst und entschieden. Als hätte er soeben einen Entschluss gefasst.

Noch ehe Liz oder ich etwas sagen konnten, waren die beiden auch schon zur Tür hinaus.

»Und was ist jetzt mit meiner aufgeschäumten Milch?«, fragte derweil mein Gast, dessen Obstsalat bis auf den letzten Löffel geleert war.

Der anaphylaktische Schock war uns zum Glück erspart geblieben. Ein Hoffnungsschimmer.

Kapitel 20

Matthew

Meine Granny hatte immer behauptet, dass jeder seines Glückes Schmied wäre. Und ich hatte ihr von klein auf in diesem Punkt recht gegeben. Auch wenn ich sonst nicht allzu gute Erinnerungen an sie hatte. Besonders ihr Haggis schmeckte, als wäre es direkt aus der Hölle entsprungen. Aber das war ein anderer Punkt.

Wesentlich war zu diesem Zeitpunkt nur, dass ich endlich eine Lösung für mein leidiges Problem gefunden hatte.

»Wann fahren wir denn jetzt endlich in den Urlaub? Du hast es mir versprochen, Matthew-Baby! Und was man verspricht, das muss man auch halten.«

Auf dem Weg zur Garage kaute mir Amy mal wieder ein Ohr ab. Es war inzwischen furchtbar anstrengend mit der Kleinen. Ständig nörgelte sie an mir herum und hing dabei an mir wie eine lästige Klette.

»Bald, mein Schatz. Das hab ich dir doch schon mehrmals gesagt. Ein wenig mehr Geduld. Dann wird alles gut werden. Ganz sicher.«

Zähneknirschend setzte ich meinen Weg fort, während ich mir überlegte, ob mir das Ganze mit ihr auf Dauer nicht zu anstrengend wurde.

»Aber *bald* ist keine genaue Zeitangabe. Ich habe schließlich auch ein Leben. Ich muss planen, Matthew-Baby. Das sollte dir doch klar sein. Und ich muss meinen Koffer packen. Das dauert seine Zeit. Vor allem, wenn man eine so lange Reise antritt wie wir beide. Hach, das wird so schön. Nur wir beide bis ans Ende unserer Tage. Der heiße Sand unter unseren Füßen, die Sonne über uns und das Meer vor uns. Kann es etwas Schöneres geben?«

Ja, noch schöner wäre es, das alles zu erleben, ohne eine heillose Nervensäge an seiner Seite ertragen zu müssen.

»Ich denke, wir sollten über die Angelegenheit reden.«

Ungeduldig ruckelte ich an dem Schloss an der Garage, bis es sich endlich löste. Ich hätte es ölen sollen. Es war schon die letzten Male schwergängig gewesen.

Aber wie so oft im Leben hatte ich mich darauf verlassen, dass es schon irgendwie gehen würde. Falsch gedacht.

»Worüber genau, Matthew-Baby?«

Amy schmiegte sich mit großen Kulleraugen an mich an.

Am liebsten hätte ich sie beiseitegeschoben, aber Amy war in der Lage, aus einer Mücke einen Elefanten zu machen. Und das Letzte, was ich gebrauchen konnte, war eine herumschreiende Irre, die auf mich und mein Vorhaben aufmerksam machte.

»Ich denke, ich sollte erst mal allein fliegen und dich dann nachholen. Es sind doch einige Dinge … zu erledigen, die für dich nur schrecklich langweilig wären.«

Amy musterte mich noch immer eindringlich.

»Du willst ohne mich weg?«, fragte sie dann einem Heulkrampf nahe.

Ich hätte es kommen sehen müssen.

»Nein, nein, mein Schatz! Du kommst nur ein paar Wochen später nach. Das wird super. Dann brauchst du dich nicht mit all den Formalitäten herumzuschlagen. Eigentlich müsstest du mir dankbar dafür sein.«

Amy schien noch immer nicht so recht zu wissen, was sie von der Situation halten sollte. Ich konnte buchstäblich sehen, wie es in ihrem Kopf zu rattern begann. Zum Glück ging sie beim Nachdenken einen Schritt zur Seite, sodass ich das Schloss endlich öffnen und in die Garage huschen konnte.

»Du willst mich gar nicht mitnehmen.«

Es war beinahe lustig, zu sehen, wie in Amys Köpfchen ein Groschen nach dem anderen fiel. Ich musste mir das Lachen verkneifen, doch jetzt wurde sie fuchsteufelswild.

»Du hast längst eine andere. Stimmt's? Gib es zu! Mir machst du nichts vor. Du hast mich eiskalt abserviert und sagst es mir nicht mal ins Gesicht. Und ich bin auch noch so blöd gewesen und habe dir geglaubt. Fahr zur Hölle, Matthew!«

Während ich ergeben die Arme hob, stürmte Amy davon und hinterließ nur noch eine Staubwolke.

Puh. Ein Problem weniger.

Ohnehin hatte ich vorgehabt, in meinen neuen Lebensabschnitt ohne Altlasten zu starten. Das war ich mir selbst schuldig.

Und endlich war ich so weit, mein Glück selbst in die Hand zu nehmen. Es war so einfach. Am Ende würde jeder haben, was er wollte. Vor allem ich. Nur bei Sarah war ich mir nicht so ganz sicher. Aber auch sie würde einsehen müssen, dass es so besser war.

Prüfend glitt mein Blick über die Gegenstände, die ich in der angemieteten Garage vor mir ausgebreitet hatte. Ich glich sie mit den einzelnen Punkten auf meiner Liste ab und stellte am Ende schließlich zufrieden fest, dass alles an seinem Platz war.

Die Show konnte beginnen.

Kapitel 21

Jago

Mrs Fisher und George so betrübt vor mir sitzen zu sehen, brach mir fast das Herz.

»Mein Junge, wir werden alles in unserer Macht Stehende tun, um dich hier schnellstmöglich rauszuholen«, versicherte mir Mrs Fisher erhobenen Hauptes.

Sie war der absoluten Überzeugung, dass ich unschuldig war.

George neben ihr war auf seinem Stuhl mehr oder minder zusammengesackt. Er wirkte abwesend und in sich gekehrt.

Sicher war ihm in der Zwischenzeit aufgefallen, dass die Skimaske, die ich in seinem Cottage gefunden hatte, nicht mehr dort war. Vermutlich machte er sich Gedanken darüber, warum ich diese dann in mein Büro mitgenommen hatte, anstatt sie wegzuwerfen. Aber was das anbelangte, war er mir auch noch eine Antwort schuldig. Neben dem alles überschattenden Wieso.

Nach wie vor konnte ich mir keinen Reim darauf machen, was ihn bewogen hatte, die Bank zu überfallen. Oder war das alles am Ende nur ein riesengroßes Missverständnis gewesen, und die Maske gehörte ihm überhaupt nicht?

Mit diesen und vielen anderen quälenden Fragen rang ich seit dem Eintreffen auf der Polizeiwache. Die Polizisten, die mich verhört hatten, versuchten mich in die Mangel zu nehmen. So recht war es ihnen jedoch nicht geglückt, und ich hatte mich mehr oder minder aus der Affäre ziehen können, auch wenn ich den Eindruck hatte, dass sie mir nicht glaubten.

Dennoch war ich mir sicher, dass Liz weitaus professioneller vorgegangen wäre. Sie hätte mir auf den Zahn gefühlt und nicht eher Ruhe gegeben, bis sie die Antworten von mir erhalten hätte, die sie sich erwartete.

Was das anbelangte, konnte ich froh sein, hier auf der Polizeiwache gelandet zu sein und nicht von ihrem stechenden Blick durchleuchtet zu werden.

»Das ist sehr lieb von Ihnen, Mrs Fisher. Aber machen Sie sich bitte keine Sorgen um mich. Ich bin mir sicher, dass sich das alles aufklären wird«, erwiderte ich, während diese mir ein zuversichtliches Lächeln zuwarf.

George machte noch immer keine Anstalten, etwas zu sagen.

Gleichzeitig konnte ich ihn schlecht auf meinen Fund in seinem Cottage hinweisen. Das war der denkbar ungeeignetste Augenblick dafür. Dennoch brannte mir die Frage regelrecht unter den Nägeln. Ich brauchte Gewissheit. Aber wie?

Mrs Fisher stieß ihren Mann auffordernd in die Seite. Dieser erwachte wie aus einem Tiefschlaf und sah sich verunsichert in alle Richtungen um. Fast so, als wüsste er nicht, wo er die letzten Minuten gewesen war.

Ich hatte Mitleid mit ihm. Auch wenn er an meiner Situation nicht ganz unschuldig war. Wobei er mich nie gebeten hatte, die Skimaske an mich zu nehmen. Das war allein meine Entscheidung gewesen. Und mittlerweile bereute ich sie zutiefst. Hätte ich doch nur besser darüber nachgedacht, was ich damit anstellen sollte. Dann wäre ich auch nicht von Sarah auf frischer Tat ertappt worden.

Sarah.

Ich wagte mir gar nicht auszumalen, was sie über mich dachte. Bestimmt hatte sie jetzt ein schreckliches Bild von mir. In ihren Augen war ich ein Krimineller, der nach St. Ives gekommen war, um die Bank auszurauben, um sich dann mit dem Geld ein neues Leben aufzubauen. Aber wäre ich denn so unvorsichtig gewesen und hätte die Skimaske, die ich bei der Tat getragen hatte, ausgerechnet in meinem Schreibtisch versteckt? Hätte ich nicht vielmehr versucht, sie schnellstmöglich loszuwerden?

Da wären wir jedoch wieder bei der Frage, ob ein Krimineller rational dachte. Vielleicht hätte ich auch das Gefühl, mir würde ohnehin niemand auf die Schliche kommen. Von derartigen Selbstüberschätzungen hörte man ja immer wieder. Unlängst hatte ich von einem Verbrecher gelesen, der auf seinem Beutezug in einem der Häuser, die er ausgeraubt hatte, eingeschlafen war. So sicher hatte er sich offenbar gefühlt.

»Wir stehen auf jeden Fall voll und ganz auf deiner Seite. Richtig, George?«

Mrs Fisher stieß ihren Mann diesmal so fest in die Seite, dass er regelrecht zusammenzuckte.

»Selbstverständlich, Jago. Wir sind für dich da. Mach dir keine Sorgen, mein Junge. Du sollst nicht die Verantwortung für etwas übernehmen, was du nicht begangen hast. Hörst du? Du bist viel zu jung dafür.«

Mrs Fisher sah ihren Mann bei dessen Worten skeptisch von der Seite an.

»Warum sollte der Junge auf die Idee kommen, die Verantwortung für etwas zu übernehmen, was er nicht getan hat? Manchmal bist du mir wirklich ein Rätsel, George. Hast du deine Herztabletten heute Morgen genommen? Du siehst so blass aus.«

Dann wandte sie sich wieder an mich.

»Wir haben uns beide schreckliche Sorgen um dich gemacht, als du zum Frühstück nicht aufgetaucht bist.

George meinte zwar, dass du ein erwachsener Mann bist, aber als dann in deinem Büro auch kein Licht brannte … Nun, ich bin froh, dass wir dich zumindest wohlauf sehen. Man muss wohl für alles dankbar sein an diesem Tag.«

»Die Besuchszeit ist beendet«, vermeldete Officer Green in meinem Rücken.

Mrs Fisher und George erhoben sich von ihren Stühlen. Mrs Fisher hakte sich bei ihrem Mann unter, dessen gebückte Haltung mir sogleich ins Auge fiel. Ein angedeutetes Lächeln machte sich auf seinen Lippen bemerkbar. Er wollte mir Hoffnung spenden. Das konnte ich ihm ganz deutlich ansehen. Wie er mich allerdings aus dem Gefängnis holen wollte, ohne der Polizei zu verraten, wer der eigentliche Bankräuber war, blieb mir schleierhaft.

Mir ihn hier hinter Gittern vorzustellen, gefiel mir allerdings auch nicht. Am liebsten wäre es mir, ein anderer würde sich zu der Tat bekennen. Aber das war mehr Wunschdenken als eine wirkliche Perspektive.

Leider sprachen die Indizien alle gegen mich. Nicht nur die Maske war dabei verhängnisvoll. Auch hatte ich, um Sarah, die in Geldnöten steckte, einen Gefallen zu tun, die Miete im Voraus bezahlt. Rückblickend betrachtet war das ziemlich auffällig. Auch wenn meine Beweggründe edler Natur gewesen waren. Das würde sich so einfach nicht erklären lassen. Zumindest nicht, wenn ich wollte, dass mir jemand Glauben schenkte.

Zudem war ich erst vor Kurzem nach St. Ives zurückgekehrt. Ich gehörte nicht mehr wirklich zur Gemeinde. Es war eine lange Zeit vergangen, seit ich den Ort meiner Kindheit verlassen hatte und zu neuen Ufern aufgebrochen war. Niemand wusste, was ich in der Zwischenzeit alles erlebt hatte. Die Leute würden sich Gedanken machen. Und sie würden Vermutungen darüber anstellen, wie ich in der Vergangenheit mein Geld verdient hatte.

Dieser Punkt kränkte mich bei der ganzen Geschichte am meisten. Schließlich wollte ich all denen, die mich in meiner Kindheit getriezt hatten, nicht weiteren Nährboden bieten, um mich weiterhin auf dem Kieker zu haben. Vielmehr war ich zurückgekommen, um einen Neustart zu beginnen.

Aber wie sollte dieser jetzt aussehen? War er letztlich überhaupt noch möglich?

Nicht, solange ich für eine Tat hinter Gittern saß, für die ich nichts konnte. Das stand schon mal fest.

Und als würde George in meinen Gedanken lesen können, nickte er zaghaft in meine Richtung. Die Anspannung in seinem Gesicht war unverkennbar. Zwar hatte sich seine Gesichtsfarbe von aschfahl ein wenig zu blassrosa gebessert. Allerdings machte er nach wie vor einen angeschlagenen Eindruck auf mich. Ich konnte nur hoffen, dass er nicht die falsche Entscheidung traf.

»Mach's gut, mein Junge! Halt die Ohren steif! Wir holen dich hier schneller raus, als du Walnuss-Schoko-Kuchen sagen kannst. Hörst du? Alles wird gut. Ich bin mir ganz sicher, dass sich diese leidige Geschichte sehr schnell aufklären und der wahre Täter gefasst wird.«

Mrs Fisher wirkte fast schon euphorisch. Sie machte nicht den Anschein, als könnte irgendetwas ihre Zuversicht zunichtemachen.

George hingegen sah zerknirscht aus. Ihm stand eine schwere Entscheidung bevor. Dadurch, dass ich die Skimaske an mich genommen hatte, hatte ich diese Ereignisse überhaupt erst ins Rollen gebracht. Was wohl passiert wäre, wenn ich alles so gelassen hätte, wie es war?

Aber das war keine Frage, auf die ich eine Antwort bekommen würde. Nun standen ganz andere Probleme im Raum.

»Danke, Mrs Fisher. Kommen Sie gut nach Hause. Und machen Sie sich keine Sorgen um mich.«

Sie lächelte und schloss dabei die Knöpfe ihres Mantels.

Mit den Worten »Bis bald, mein Junge« verabschiedete sich nun auch George von mir.

Der verunsicherte Ausdruck in seinen Augen blieb.

Wenige Minuten später wurde ich in meine Zelle geführt, und mir drängte sich der Gedanke auf, dass ich womöglich einen Anwalt brauchen könnte.

Kapitel 22

Sarah

»Wo bleibt mein Frühstück?«

»Auf meinen Kaffee warte ich bereits eine geschlagene halbe Stunde.«

»Ich hatte schon mehrfach die Rechnung verlangt.«

»Mein Rührei ist kalt.«

Die unzufriedenen Äußerungen meiner Gäste schwirrten mir durch den Kopf. Ein plötzlicher Schwindel befiel mich. Kurzerhand rettete ich mich in die Küche.

»Sarah, was ist denn mit dir passiert? Komm, setz dich hier auf den Stuhl. Ich hole dir jetzt erst mal ein Sandwich und einen Kaffee. Du musst dringend etwas essen.«

»Es geht schon, Matilda. Es ist nur so viel los«, erklärte ich und wollte schon wieder nach draußen gehen.

»Nichts da! Du setzt dich jetzt mal hierhin und ruhst dich aus. Das geht so auf gar keinen Fall weiter. Fiona übernimmt den Service. Ich komme in der Küche ganz prima allein klar.«

»Aber ich …«, begehrte ich auf.

»Keine Widerrede! Es ist schon alles geplant. Du musst einen Gang zurückschalten, meine Liebe, sonst müssen wir dich demnächst im Krankenhaus besuchen. Und ich hasse Krankenhäuser. Allein der Geruch nach Desinfektions- und Reinigungsmitteln führt dazu, dass mir die Galle hochkommt. Das willst du doch ganz sicher nicht. Oder?«

»Nein, ganz bestimmt nicht. Aber …«, begehrte ich abermals auf und versuchte dabei wieder auf die Füße zu kommen.

Doch Matilda hinderte mich daran, indem sie mir ein Sandwich auf den kleinen Tisch neben mir stellte und Fiona von draußen einen Kaffee brachte.

»Nimm dir ein bisschen Zeit für dich, Sarah. Wir wissen alle, wie anstrengend es gerade in deinem Leben zugeht. Männer sind eine Katastrophe. Das Dumme ist nur, dass wir nicht ohne sie können.«

Matilda machte eine wegwerfende Handbewegung, ehe sie sich den Bestellungen zuwandte, die Fiona ihr soeben in die Küche gereicht hatte.

Es war wirklich zu dumm, dass ich einfach nicht anders konnte, als permanent an Jago zu denken. Der Kerl hatte eine Bank überfallen und saß nun im Gefängnis. Und dennoch konnte mein Herz nicht aufhören, etwas für diesen Mann zu empfinden. Dabei kannten wir uns nicht mal richtig. Zumindest nicht lange.

Aber Zeit war nicht ausschlaggebend, wenn es darum ging, ob man jemanden liebte. Manchmal sah man jemanden und erkannte im selben Augenblick, dass es Liebe war. So, wie es mir mit Jago bei unserem ersten Aufeinandertreffen ergangen war.

Seufzend führte ich die Tasse Kaffee an meine Lippen und nahm einen Schluck daraus. Mein Magen knurrte. Heute Morgen war ich noch nicht dazu gekommen, etwas zu essen. Es war so viel zu tun gewesen, und dann waren auch schon die ersten Gäste in meinem *The Mermaid* aufgetaucht.

Als ich den ersten Bissen von dem Serrano-Käse-Sandwich nahm, schloss ich für einen Augenblick genussvoll meine Lider. Matilda wusste wirklich, was sie da tat. Die getrockneten Tomaten verfeinerten das würzige Aroma und verliehen dem Gericht eine natürliche Süße, ohne dabei jedoch aufdringlich zu wirken. So nahm ich gleich den nächsten und spürte, wie ich allmählich wieder zu Kräften kam. Gleichzeitig fragte ich mich, wann ich das letzte Mal etwas gegessen hatte.

Gestern Abend war mir nicht danach gewesen. Jeder Gedanke an Jago hatte dazu geführt, dass mir schlecht geworden war. Erst als ich meine Bettwäsche neu bezogen und das Wohnzimmer und die Küche aufgeräumt hatte, hatte ich das Gefühl, Jagos Spuren aus meiner Wohnung beseitigt zu haben. Die auf meinem Herzen würden jedoch länger benötigen, um zu verblassen.

Als ich mein Frühstück zu mir genommen hatte, war es schon fast Mittag. Die Zeit rannte. Dabei wusste ich nicht mal, wohin. Im Café war es in der Zwischenzeit ein wenig ruhiger geworden. Fiona gesellte sich wieder zu Matilda in die Küche, während ich mich den Warenlisten zuwandte. Denn auch die Lieferantenbestellungen würde ich zeitnah aufgeben müssen, wenn ich nicht Gefahr laufen wollte, die nächsten Tage ohne Ware dazustehen.

Zwar stand mir der Sinn eher nach einer heißen Badewanne, einem guten Buch und leiser Hintergrundmusik, aber das Leben war leider kein Wunschkonzert. Ich musste mich jetzt zusammenreißen, wenn ich nicht auch noch mein Café verlieren wollte.

Als ich am Abend schließlich den Laden abschloss und nach oben in meine Wohnung ging, fühlte ich mich wie erschlagen. Jeder Knochen tat mir weh, und mein Kopf schmerzte. Ich ließ mir tatsächlich eine Wanne ein und öffnete sogar eine Flasche Wein. Mit dem Glas und einem Buch auf dem Badewannenrand versuchte ich mein Kopfkino endlich abzuschalten.

Phasenweise gelang es mir sogar, nicht an Jago zu denken. Doch dann spürte ich seine Berührungen auf meiner Haut, ganz so, als wäre er noch bei mir, und verlor mich wieder im Gedanken daran, dass ich mich in einen Kriminellen verliebt hatte.

Du tust gerade so, als hätte er einen Menschen umgebracht. Vielleicht solltest du dir erst mal ein Bild davon machen, warum er die Bank ausgeraubt hat. Wobei das so ja auch wieder nicht stimmt. Schließlich hat er sich nur zehntausend Pfund aushändigen lassen. Er hätte auch alles nehmen können, erinnerte mich meine innere Stimme.

Kopfschüttelnd nahm ich einen Schluck aus meinem Glas. Es war nicht richtig, nach Entschuldigungen für Jago zu suchen. Er hatte eine Straftat begangen. Das konnte man nicht beschönigen. Auch wenn ich zu gerne gewusst hätte, warum er die Bank überfallen hatte. Es blieb allerdings dahingestellt, ob ich auf diese Frage je eine Antwort erhalten würde.

Ein plötzliches Kratzen im Hals ließ mich husten. Ich nahm einen weiteren Schluck aus meinem Glas und versuchte mich auf das Buch zu konzentrieren, das mir Emma empfohlen hatte. Es lag schon eine ganze Weile neben mir auf dem Nachttisch. Aber heute würde ich endlich mit dem Lesen beginnen und für einige Zeit in die schottischen Highlands entfliehen.

Seite für Seite flog ich durch die Geschichte von Julia und Aaron. Kurzweilig und lustig schilderte die Autorin die erste Begegnung der beiden, die mich ein wenig an Jago und mich erinnerte. Auch bei den beiden in meinem Buch war es Liebe auf den ersten Blick gewesen. Bisher hatte ich immer gedacht, dabei handelte es sich um ein unrealistisches Klischee. Nun wusste ich es besser.

Meine Augen begannen zu brennen. Es war langsam Zeit, schlafen zu gehen. Heute Nacht würde ich wieder aufstehen müssen, um in meiner Backstube für den morgigen Tag alles vorzubereiten. Auch mein Hals kratzte, und ich räusperte mich abermals. Ich konnte nur hoffen, dass ich mir keinen Infekt eingefangen hatte. Das war gerade der denkbar schlechteste Zeitpunkt für eine Erkältung.

Also trank ich mein Glas aus, legte das Buch beiseite und stieg aus der Wanne. Nachdem ich mich abgetrocknet und für die Nacht fertig gemacht hatte, ging ich hinaus in den Flur.

Als ich gerade in mein Schlafzimmer gehen wollte, läutete es an der Tür. Skeptisch blickte ich auf meine Armbanduhr. Es war bereits nach zweiundzwanzig Uhr. Wer konnte das nur sein?

Ich zog mir meinen Bademantel über und überlegte kurz, ob ich mich nicht schlafend stellen sollte. Da klingelte es erneut.

Zu meinem Leidwesen besaß das Haus keine Gegensprechanlage, sodass ich die Tür nur unwissend per Summer öffnen oder nach unten gehen konnte, um nachzusehen. Ich entschied mich für Letzteres und machte mich auf den Weg nach unten, als es bereits zum dritten Mal läutete.

Wer auch immer vor meiner Tür stand, er war beharrlich.

»Hallo, Sarah.«

»George?«, fragte ich überrascht, kaum dass ich ihm die Tür geöffnet hatte.

»Ich hoffe, ich störe nicht. Bei meinem Spaziergang habe ich noch Licht bei dir brennen sehen und dachte … Na ja, vermutlich war es eine Schnapsidee. Ich sollte besser wieder gehen.«

Mr Fisher machte einen verwirrten Eindruck auf mich. Zum Glück hatte sich jedoch seine Gesichtsfarbe wieder gebessert. Er sah viel weniger kränklich aus als bei unserem letzten Treffen.

»Es geht um Jago. Wir waren bei ihm im Gefängnis«, erklärte er, als ich ihn ins Haus bat.

Da ich ihn nicht mit zu mir nach oben in die Wohnung nehmen wollte, ließen wir uns an einem

Tisch im Café nieder. Hierzu schaltete ich eine Stehleuchte an, die den Laden nur punktuell erhellte. So waren wir vor neugierigen Blicken geschützt.

»Gibt es etwas Neues?«, fragte ich interessiert nach, während ich ein Gähnen unterdrückte.

Das warme Wasser und der Wein hatten mich schläfrig gemacht. Dennoch wüsste ich nur zu gern, wie es mit Jago nun weiterging. Rein interessehalber, verstand sich.

»Wir sind zuversichtlich«, erwiderte George und knetete dabei nervös seine Hände.

Dieser Mann war alles andere als zuversichtlich.

»Möchtest du etwas trinken?«

Doch George schüttelte den Kopf und erhob sich augenblicklich wieder von seinem Platz.

»Entschuldige, Sarah, es war keine gute Idee, noch mal bei dir zu klingeln. Es ist nur … Es tut mir leid.«

Und noch ehe ich etwas erwidern konnte, war er bereits auf dem Weg nach draußen.

Mit einem fetten Fragezeichen im Kopf erhob ich mich von meinem Stuhl und ging nach oben in meine Wohnung. Was für ein Tag!

Kapitel 23

Jago

»Jago Parry? Sie können gehen.«

Als der Polizist die Tür meiner Zelle öffnete und mich mit diesen Worten weckte, glaubte ich, nach wie vor zu träumen.

»Jago Parry? Haben Sie mich gehört?«, fragte die Stimme nun deutlich forscher.

Offenbar mochte sie es nicht, ignoriert zu werden. Aber wer mochte das schon?

»Ja, ich komme.«

Mühsam erhob ich mich von der harten Matratze, auf der ich die halbe Nacht kein Auge zugemacht hatte. Zunächst waren es die vielen Gedanken in meinem Kopf gewesen, die mich nicht hatten schlafen lassen. Dann hatte mein unbequemes Bett dafür gesorgt, dass ich nur schwerlich Schlaf fand.

Wenig später erhielt ich mein Smartphone, mein Portemonnaie und einen Flyer zurück, der sich zum Zeitpunkt meiner Verhaftung in meiner Gesäßtasche befunden hatte. Es war Werbung vom *The Mermaid.*

»Dürfte ich auch den Grund meiner Entlassung erfahren?«

Erst nachdem der Polizist meine Zelle verlassen hatte, kam mir der Gedanke, dass es einen Grund geben musste, warum ich so plötzlich gehen konnte. Und je mehr ich mich mit dem Thema beschäftigt hatte, desto sicherer war ich mir, dass es einen anderen Verdächtigen geben musste.

»Das hat Sie nicht zu interessieren. Sie sind frei und können nun tun, was Ihnen beliebt. Alles Weitere liegt bei uns.«

Die schroffe Antwort ließ mich einen Moment verstummen. Die Zeit nutzte der Polizist und wies mir die Tür.

Kaum dass ich wieder auf den Straßen von St. Ives stand, atmete ich ganz fest die frische Morgenluft ein. Ich streckte meine verspannten Muskeln und lächelte der Sonne entgegen. Es war ein frostiger, aber sehr schöner Tag. Noch schien das kleine ehemalige Fischerdörfchen an Cornwalls Nordwestküste zu schlafen. Aber schon bald würden die engen Straßen und Gassen voller Leben sein. Sonnentage im Winter waren ein Fest. Und man musste sie genießen. Wer wusste denn, wann der nächste uns mit seiner Anwesenheit beehren würde?

Zuversichtlich machte ich mich auf den Weg und haderte mit mir, ob ich zunächst ins Büro oder zum Cottage der Fishers gehen sollte. Im Büro würde ich mich Sarahs Fragen stellen müssen. Sie würde wissen wollen, warum ich nun so plötzlich entlassen worden war, und ich würde ihr darauf keine Antwort geben können, da ich es selbst nicht wusste.

Wenn ich an die Fishers dachte, überkam mich ein ungutes Gefühl. Ich befürchtete, George könnte etwas getan oder gesagt haben, was Mrs Fisher sehr unglücklich machte. Einerseits verspürte ich den Drang, nach den beiden zu sehen und mich um sie zu kümmern. Andererseits wollte ich mich ihnen nicht aufdrängen.

Es war, gelinde gesagt, schwierig. Die Freiheit hatte mich auf dem falschen Fuß erwischt. Nun musste ich meine nächsten Schritte überlegen.

»Na, das glaub ich jetzt aber nicht. Jago Parry, bist du etwa aus dem Gefängnis ausgebrochen?«

Liz baute sich breitbeinig vor mir auf, stemmte ihre Hände in die Hüften und verdeckte dabei die Sonne, die mir bis gerade eben ins Gesicht geschienen hatte.

»Man hat mich entlassen«, erklärte ich ihr ruhig und sachlich, ohne auf Liz' Affront einzugehen.

»Man hat was?«, fragte sie ungläubig nach.

Dabei riss sie ihre Augen weit auf und sah mich an, als hätte ich ihr soeben erzählt, die Welt wäre doch eine Scheibe.

»Ich durfte gehen. Ich bin ein freier Mann. Wenn du also nichts dagegen hast, dann möchte ich jetzt gerne nach Hause«, erwiderte ich, ohne zu wissen, wo das sein sollte.

Bei den Fishers war ich nur zu Gast, und das Büro im *The Mermaid* würde ich mir wohl oder übel auch wieder abschminken müssen. Sarah wollte nach der Verhaftung sicher nichts mehr von mir wissen. Auch wenn ich nun wieder auf freiem Fuß war. Der Schock darüber, dass der Mann, mit dem sie die Nacht verbracht hatte, am nächsten Tag ins Gefängnis gehen musste, saß sicher nach wie vor tief.

Sarah brauchte Zeit. Vielleicht würde ich später meine Sachen bei ihr abholen und ihr anbieten, erst wiederzukommen, wenn Gras über die Sache gewachsen war. Das war ich ihr nach dem Schreck schuldig. Auch wenn ich mich keiner Straftat schuldig gemacht hatte, hatte ich sie nach unserer gemeinsamen Nacht zurückgewiesen. Ob sie mir das wohl je verzeihen würde?

Liz sah mich nach wie vor verdutzt an. Offenbar hatte es ihr die Sprache verschlagen. So stand sie noch immer reglos vor mir, während ich meinen Weg zum Cottage der Fishers einschlug.

Knapp fünfundzwanzig Minuten später stand ich vor ihrem Haus und blickte unschlüssig von Fenster zu Fenster. Im oberen Stockwerk war alles dunkel. In der

Küche brannte Licht. Das übrige Cottage wirkte so, als läge es noch im Tiefschlaf. Was wenig verwunderte. Schließlich war es gerade einmal kurz nach sieben Uhr am Morgen.

Unsicher verharrte ich vor dem Gatter, unschlüssig, ob ich gehen oder bleiben sollte. Was würde mich dort erwarten?

Als mir die Kälte in die Glieder fuhr, entschied ich mich, nachzusehen, wie die Lage im Cottage war. Vielleicht gab es auch einen ganz anderen Grund, weshalb mich die Polizisten wieder freigelassen hatten. Die Hoffnung starb schließlich zuletzt.

Nachdem ich die Tür geöffnet hatte, hörte ich ein Rascheln in der Küche.

Mit einem beherzten »Hallo?« machte ich auf mich aufmerksam, kaum dass ich das Haus betreten hatte.

Als niemand meinen Gruß erwiderte, zog ich mir den Mantel und die Schuhe aus und ging in die Küche, wo ich George und Mrs Fisher vermutete.

Auf dem Herd kochte ein Porridge. Der Geruch von frisch aufgebrühtem Kaffee lag in der Luft. Nichts wies darauf hin, dass sich hier am heutigen Morgen eine Katastrophe abgespielt hatte. Ich atmete erleichtert auf.

Mrs Fisher saß am Tisch und schälte einen Apfel, den sie sicher ins Porridge geben wollte. Von George fehlte jede Spur.

Mit einem ruhigen, aber bestimmten »Mrs Fisher?« versuchte ich abermals, auf mich aufmerksam zu machen.

»Ach, Jago, mein Junge! Wie schön, dass du wieder hier bist.«

Mrs Fisher schob ihren Stuhl zurück und eilte auf mich zu, nahm mich fest in den Arm und schien mich nie wieder loslassen zu wollen.

»Lass dich ansehen! Schmal bist du geworden. Ich mache dir gleich ein ordentliches Frühstück mit Eiern und Speck. Würstchen und Bohnen sind auch noch da. Und Toast natürlich.«

Noch ehe ich etwas erwidern konnte, machte sich Mrs Fisher ans Werk.

»Danke, Mrs Fisher. Wo ist eigentlich … George?«

Während ich den Namen ihres Mannes laut aussprach, fiel der Pfannenwender aus ihrer Hand und landete scheppernd auf dem Boden.

Mrs Fisher zitterte.

»Ich weiß nicht, wie das passieren konnte.« Wie gelähmt starrte sie auf den Gegenstand zu ihren Füßen.

»Das ist doch nicht so schlimm«, versuchte ich sie zu beruhigen, als ich das Zittern ihrer Hände bemerkte.

Bevor ich sie in den Arm nahm, schaltete ich die Herdplatten ab, damit nichts anbrennen konnte.

Tränen rannen Mrs Fisher über die Wangen. Noch immer lag ihr Blick fest auf dem Pfannenwender zu ihren Füßen.

»Kommen Sie! Wir setzen uns an den Tisch. Ich mache uns eine schöne heiße Tasse Tee, und dann erzählen Sie mir alles. Ja?«

Als Mrs Fisher auch nach einigen Minuten keine Anstalten machte, sich von ihrem Fleck zu rühren, bugsierte ich sie vorsichtig zu ihrem Platz und setzte sie auf den Stuhl.

Die Situation erforderte einiges an Fingerspitzengefühl. Wenn ich sie zu sehr bedrängte, würde sie am Ende womöglich ganz dichtmachen.

Während Mrs Fisher reglos auf ihrem Stuhl saß, kochte ich Teewasser auf und übergoss die beiden Beutel, die ich in der Zwischenzeit gefunden und in Tassen gesteckt hatte, damit.

»George hat mir gestern Abend nach seinem Spaziergang alles erzählt«, erklärte mir Mrs Fisher, während sie ihren Blick auf etwas draußen in ihrem Garten gerichtet hielt.

Ich stellte die Tasse vor ihr ab. Sie legte ihre Hände darum, schaute dabei jedoch nach wie vor durchs Fenster hinaus.

»Er hat die Bank überfallen, damit wir das Geld für unsere Reise endlich zusammenhaben. Kannst du dir das vorstellen, Jago? Zehntausend Pfund haben noch gefehlt. George hatte bei der Bank nach einem Kredit gefragt. Wir seien zu alt, haben sie geantwortet. Ist das nicht unglaublich? Ein ganzes Leben arbeitet man für dieses Land, und am Ende ist man zu alt, um sich die Träume zu erfüllen, die man noch hat.«

Kopfschüttelnd saß sie da, zog den Beutel aus ihrer Tasse und nahm den ersten Schluck.

»Wo ist George jetzt?«, hakte ich nach, da ich über Mrs Fishers Worte nicht verwundert war.

Im Grunde hatte ich mir nämlich genau das zusammengereimt, als ich die Skimaske im Wohnzimmer vorgefunden hatte.

»Er ist zur Polizei gegangen, um eine Aussage zu machen. Er wollte denen erklären, dass er das Geld wieder zurückbezahlen wollte, sobald wir aus dem Urlaub zurück wären. George hat einen riesengroßen Fehler begangen, weil er mich glücklich machen wollte. Ich weiß gar nicht, was ich jetzt machen soll. Wenn George ins Gefängnis muss, dann … Das geht nicht … Wir sind seit über fünfzig Jahren verheiratet und waren bisher kaum einen Tag voneinander getrennt.«

Mrs Fisher liefen die Tränen nur so über die Wangen. Ein Schluchzen hatte sie erfasst. Ihre sonst so souveräne Haltung war verloren. Vor mir saß eine alte Frau, die sich vor dem Abgrund ihres Lebens sah und nicht wusste, wie sie dort hinunterschauen sollte, ohne an dem Anblick zu verzweifeln.

»George wird bestimmt nicht ins Gefängnis müssen. Er ist doch geständig. Sicher bekommt er nur eine Bewährungsstrafe. Schließlich ist er bisher nie strafrechtlich in Erscheinung getreten. Alles wird gut werden, Mrs Fisher. Da bin ich mir ganz sicher. Und jetzt beruhigen Sie sich erst mal ein wenig. George wird bald zurück sein«, munterte ich sie auf.

Mrs Fisher lächelte mich dankbar an. Mit ihrer Hand tätschelte sie meinen Arm.

»Du bist ein guter Junge, Jago! Ich weiß, was du gemacht hast. Die Skimaske. George hat mir erzählt, dass du sie hier im Haus gefunden und weggebracht haben musst. Das war sehr nett von dir.«

Über Mrs Fishers Lob konnte ich mich nicht wirklich freuen.

»Wenn ich die Skimaske gleich weggeworfen hätte, dann wäre uns allen wahrscheinlich einiges an Ärger erspart geblieben«, entgegnete ich zerknirscht.

»Weißt du, Jago, es ist nicht deine Schuld. George hat einen Fehler gemacht, und er wird dafür geradestehen müssen. Skimaske hin oder her. Er hätte sie selbst nach dem Vorfall wegwerfen müssen. Aber sein schlechtes Gewissen hat das nicht zugelassen. Vielleicht hatte er sogar Angst, man würde ihm ohne das Beweisstück nicht glauben, wenn er später das Geld hätte zurückzahlen wollen. George ist ein äußerst angesehenes Mitglied unserer Gemeinde. Seine Freunde und Bekannte schätzen ihn und seine Meinung sehr. Es kam nur alles so … plötzlich. Mir wäre es lieber gewesen, er hätte mich in seine Pläne eingeweiht. Aber das war nicht möglich. Denn wenn er es getan hätte, dann hätte ich ihm klargemacht, dass es keine Option ist, die Bank auszurauben. Auch wenn er mir damit eine Freude machen wollte. Es ist schlichtweg ein Vergehen. Auch wenn ich den Grund für sein Handeln kenne und verstehe.«

Mrs Fisher seufzte und nahm dann einen Schluck aus der Teetasse, die ich ihr hingestellt hatte.

»Wenn Sie möchten, gehe ich gleich noch mal zur Polizeiwache und schaue nach dem Rechten«, schlug ich vor.

Es kam mir nicht richtig vor, dass ich hier neben Mrs Fisher auf dem Stuhl saß, während ihr Mann womöglich ins Gefängnis musste.

»Nein, Jago, das ist zwar sehr lieb von dir, aber das werde ich selbst tun, sobald ich eine Kleinigkeit gefrühstückt habe. Besonders viel werde ich ohnehin nicht runterkriegen. Aber ich würde mich sehr freuen, wenn du mir dabei Gesellschaft leisten könntest.«

Sie lächelte mich zaghaft an, während sie mir abermals die Hand tätschelte.

»Sehr gerne. Ich habe einen Bärenhunger. Das Essen der letzten Tage war nicht besonders ausgewogen«, räumte ich ein, während Mrs Fisher sich abermals ans Werk machte, Frühstück zuzubereiten.

Während sie sich ihrem Porridge zuwandte, genoss ich mein englisches Frühstück in vollen Zügen. Das Essen war wahrlich ein Gedicht. Fast tat es mir schon wieder leid, als ich bemerkte, wie in sich gekehrt Mrs Fisher war. Aber ihr Essen schmeckte einfach vorzüglich. Und der Fraß der letzten Tage war nicht mal gut genug gewesen, um meinen Hunger auch nur ansatzweise zu stillen.

»So, mein Junge, jetzt werde ich mich an den Abwasch machen und dann nach George sehen.« Entschlossen erhob sie sich von ihrem Platz.

»Das kann ich doch machen«, bot ich an.

Schließlich hatte ich schon nichts zu dem wundervollen Frühstück beigetragen. Da konnte ich mich ein wenig erkenntlich zeigen.

»Ich spüle und du trocknest ab. Deal?«

Mrs Fisher reichte mir ihre Hand.

»Deal!«, sagte ich und schlug ein.

Nachdem wir alles abgewaschen, abgetrocknet und verräumt hatten, machte sich Mrs Fisher auf den Weg.

Ich haderte noch ein wenig mit mir, ehe ich schließlich auch zu meinem Büro aufbrach. Je eher ich meine Sachen abgeholt hatte, desto schneller konnte ich aus Sarahs Leben verschwinden. Oder würde sich alles klären, nachdem George die Schuld auf sich genommen hatte und zur Polizei gegangen war, um sich zu stellen? Nun musste sie mir doch glauben, dass ich nichts mit dem Überfall zu tun hatte.

Vielleicht. Vielleicht hielt sie mich aber auch für einen Mittäter. Schließlich kannten wir uns kam. Es gab keinen Grund für sie, mir zu vertrauen. Ich war ein Fremder für sie. Bis auf diese eine gemeinsame Nacht gab es nichts, was uns miteinander verband.

Außer diesem Gefühl, das ich immer in ihrer Nähe verspürte. Ob es ihr wohl auch so erging?

Als ich das Gatter hinter mir schloss, schüttelte ich diese und ganz ähnliche Gedanken von mir ab und konzentrierte mich auf das, was vor mir lag. Das würde schon anstrengend genug werden. Darüber war ich mir im Klaren.

Es war halb neun, als ich beim *The Mermaid* eintraf. Das Café öffnete erst um neun Uhr. Wenn ich Glück hatte, konnte ich unbemerkt ins Haus gehen, meinen Kram zusammensammeln und wieder verschwinden.

Feigling!, tönte meine innere Stimme.

Aber die hatte leicht reden. Schließlich wurde sie noch nie verdächtigt, eine Straftat verübt zu haben.

Da ich mich allerdings auch noch nie in einer solchen Situation befunden hatte, wusste ich nicht so recht, ob mein Handeln richtig war. Allerdings konnte ich mir gut vorstellen, dass Sarah in der letzten Zeit schon genug mitgemacht hatte und ein wenig Zeit benötigte, um alles sacken zu lassen.

St. Ives war so klein, da würde sie sicher schnell von jemandem erzählt bekommen, dass ich doch nicht schuldig war. Wir könnten dann noch mal ganz in Ruhe reden, ohne, so frisch nach den Begebenheiten der letzten Tage, etwas zu überstürzen.

Denn genau das wollte ich auf keinen Fall. Etwas überstürzen. Schließlich bedeutete mir Sarah viel. Und die Vorstellung, sie könnte sich für immer von mir abwenden, schmerzte mich zutiefst.

Ich rümpfte die Nase. Etwas roch angebrannt. Als ich die Hintertür mit meinem Schlüssel öffnete, kam mir Rauch entgegen, sodass ich prompt husten musste. Meine Sicht war auf wenige Meter begrenzt.

Panisch rief ich nach Sarah.

»Sarah? Wo bist du? Was ist passiert?«

Wie ein Wahnsinniger stürmte ich in die Backstube. Sarah war nicht da. Suchend blickte ich mich überall um. Auch im Vorratsraum. Doch von Sarah fehlte jede

Spur. Zurück im Café konnte ich nach wie vor nichts erkennen. Die Tür zu Sarahs Wohnung im ersten Stock war verschlossen. Ich haderte einen Moment mit mir, ehe ich mich dagegen warf, um sie zu öffnen.

Zwei, drei Versuche waren nötig, bis die Tür endlich nachgab und sich öffnete.

»Sarah? Sarah? Wo bist du? Hörst du mich? Sarah?«

Der dichte Qualm war bereits nach oben gezogen. Auch in Sarahs Wohnung konnte ich nur einige wenige Meter überblicken. Rufend und suchend ging ich von Zimmer zu Zimmer, ehe ich Sarah schließlich in ihrem Bett vorfand. Schlafend. Oder?

Beunruhigt eilte ich zu ihr, kaum dass ich sie erblickt hatte, und rüttelte an ihren Schultern.

»Sarah? Sarah? Wach doch auf! Bitte!«

Doch Sarah ließ sich nicht aufwecken.

Also tat ich das einzig Vernünftige, schob meine Arme unter ihren erschlafften Körper und hob sie an, um mit ihr so schnell wie nur möglich das Haus zu verlassen.

Der Rauch wurde dichter, während ich inständig hoffte, es unbeschadet mit Sarah hinauszuschaffen. Sarahs Kopf hing nach unten. Sie schien von der ganzen Aktion nichts mitzubekommen.

Kaum dass ich draußen auf der Straße war, schrie ich nach Hilfe. Jemand musste sich Sarah anschauen und dafür sorgen, dass sie die Augen wieder öffnete. Und die Feuerwehr musste kommen. Und die Polizei.

Es musste eine Ursache für den Rauch in Sarahs Cottage geben.

»Jago? Was ist denn passiert?«, fragte Liz, die wenige Sekunden nach meinem Rufen zu mir eilte und die reglose Sarah in meinen Armen mit weit aufgerissenen Augen anstarrte.

»Sarah … Überall Rauch … Ich habe sie aus ihrem Schlafzimmer geholt … Wir müssen ihr helfen.«

Liz nickte mechanisch, während sich weitere Bürger des Ortes auf die Straßen drängten. Einer rief die Feuerwehr. Ein anderer die Polizei. Liz war losgeeilt, um den Hausarzt zu holen.

Ich stand derweil noch immer an Ort und Stelle und hielt Sarah in meinen Armen. Was war nur passiert? Mein Blick glitt prüfend über Sarahs Gesicht und ihre geschlossenen Augen. Sie schien zu schlafen. Aber warum ließ sie sich denn dann nicht wecken?

»Da ist ein Loch im Fenster«, rief ein Feuerwehrmann.

Tatsächlich! Mein Bürofenster war eingeschlagen worden. Mit Sarah im Arm näherte ich mich dem Schauplatz. Auf dem Boden lag ein Wurfgeschoss, das mich an einen Molotow-Cocktail erinnerte.

Feuerwehrleute im Inneren des Raums kümmerten sich um den Brandherd und löschten bereits.

War das denn wirklich möglich? Hatte jemand einen Molotow-Cocktail in mein Büro geworfen? Hier in St. Ives? Und warum ausgerechnet in mein Büro? Wollte derjenige mir damit sagen, dass ich unerwünscht war? Bislang wusste wahrscheinlich noch kaum jemand davon, dass ich nicht für den Banküberfall verantwortlich gemacht worden war. Aber warum warf derjenige den Brandbeschleuniger ausgerechnet in Sarahs Cottage? Er musste doch davon ausgehen, dass Sarah dabei zu Schaden kommen würde. Und nicht ich. Ich war schließlich bis heute Morgen noch im Gefängnis gewesen.

Meine Gedanken kreisten, während mir jemand Sarah aus dem Arm nahm. Der Hausarzt und die gerufenen Rettungssanitäter nahmen sich ihrer an. Auch wenn ich das alles selbst erlebte, fühlte es sich an, als liefe vor meinen Augen ein Film ab. Ein Film, der mir kein bisschen gefiel.

»Jago? Alles okay bei dir? Du solltest dich auch untersuchen lassen. Schließlich warst du da drinnen und hast sicher auch ganz schön was von dem Rauch abbekommen. Mit einer Rauchvergiftung ist nicht zu scherzen.«

Während Liz auf mich einredete, hielt ich meinen Blick nach wie vor fest auf Sarah gerichtet. Ich konnte nur hoffen, dass ich nicht zu spät gekommen war. Schon bereute ich es, so lange mit mir gehadert zu haben.

Wenn ich gleich nach meiner Entlassung zu ihr gegangen wäre, dann wäre das alles vielleicht gar nicht passiert. Mein schlechtes Gewissen brachte mich fast um.

»Komm, Jago! Wir lassen dich von Dr. Hemmingway untersuchen.«

Noch ehe ich meinen Einwand erklären konnte, zog Liz mich auch schon mit sich. Sie ließ einfach nicht locker. Dabei ging es mir doch gut. Um Sarah mussten sich die Leute kümmern. Und um ihr Cottage. Vor allem sollten wir schnellstmöglich herausbekommen, welches Schwein für diese Tat verantwortlich war. Allein beim Gedanken daran hätte ich mich am liebsten gleich auf die Suche nach dem Kerl gemacht.

Doch Liz ließ mich nicht los und bugsierte mich in die entsprechende Richtung.

»Hast du jemanden gesehen? Ist dir irgendetwas merkwürdig vorgekommen?«, fragte Liz, während wir auf Dr. Hemmingway warteten, der sich nach wie vor um Sarah kümmerte.

»Du bist also nicht der Ansicht, ich könnte für den Brandanschlag verantwortlich sein?«

Auch wenn es gerade nicht der richtige Zeitpunkt war, konnte ich es mir doch nicht verkneifen, Liz diese Frage zu stellen. Schließlich hatte sie mich von Anfang an in Verdacht gehabt, die Bank überfallen zu haben. Da konnte sie gleich noch einen Brandanschlag auf mein Konto verbuchen. Oder?

»Sei nicht albern, Jago. Das mit dem Banküberfall habe ich keinen Moment wirklich geglaubt«, behauptete sie.

»Also? Was ist? Hast du was mitbekommen?«, hakte sie schließlich nach, während ich noch Worte für ihre vorangegangene Aussage suchte.

Doch dazu wollte mir schlichtweg nichts einfallen.

»Nein, ich habe weder etwas gehört noch gesehen. Da drinnen war es so neblig, dass ich kaum meine eigene Hand vor Augen sehen konnte. Außerdem habe ich nicht nach der Ursache für den Qualm gesucht, sondern bin gleich nach oben gestürmt, um nach Sarah zu schauen.«

»Und das war auch gut so«, erklärte ein hochgewachsener Mann, der mir die Hand hinstreckte. »Mein Name ist Dr. Hemmingway. Ich habe Sarah soeben untersucht. Sie hat eine Rauchvergiftung, kommt aber durch. Das hat sie Ihnen zu verdanken. Wenn Sie nicht gewesen wären …«

Den Rest des Satzes sprach er nicht laut aus. Doch ich konnte mir gut vorstellen, wie er weitergegangen wäre. Mir schauderte beim Gedanken daran.

»Kann ich zu ihr?«

Dr. Hemmingway schüttelte den Kopf.

»Wir bringen sie jetzt sofort ins Krankenhaus. Sarah muss Sauerstoff zugeführt werden. Den habe ich hier nicht in meiner Praxis. Womöglich müssen noch Antidote oder Gegengifte gegeben werden. Das entscheiden die Kollegen vor Ort im *Edward Hain Memorial Hospital.*«

»Aber ich …«, hob ich abermals an.

»Sie werden sich jetzt von mir untersuchen lassen und haben dann später immer noch die Möglichkeit, Ihre Freundin besuchen zu gehen«, bremste er mich aus und machte sich daran, mich zu untersuchen.

»Haben Sie Kopfschmerzen? Ist Ihnen übel? Fühlen Sie sich benommen oder verwirrt? Wissen Sie, welcher Tag heute ist?«

»Mir geht es gut. Ich fühle mich topfit. Und heute ist Dienstag«, erklärte ich prompt, während die Sanitäter mit Sarah im Wagen losfuhren.

Ihre Freundin, hallten mir die Worte des Hausarztes durch den Kopf.

Nein, Sarah war nicht meine Freundin. Aber ich würde alles dafür tun, dass sie es eines Tages sein würde.

Kapitel 24

Sarah

Als ich meine Lider an diesem Morgen das erste Mal aufschlug, war ein monotones Piepen zu hören. Der Geruch von Desinfektionsmitteln lag in der Luft. Stimmen drangen von überallher an mein Ohr.

Prüfend sah ich mich zu allen Seiten hin um. Das war definitiv nicht mein Schlafzimmer. Wo war ich? Und wie war ich hierhergekommen?

Mein Blick glitt über die Apparatur zu meiner Rechten, dann auf das Bett, in dem ich lag. Das war ein Krankenhaus. Was war nur passiert? Warum lag ich in einem Krankenhausbett und nicht in meinem eigenen Zuhause?

Suchend blickte ich mich nach Anhaltspunkten um, die mir meinen Aufenthalt in diesem Zimmer erklären könnten, als die Tür geöffnet wurde.

»Oh, Sie sind wach. Das ist ein gutes Zeichen«, erklärte mir eine Frau in Krankenschwesterntracht, ehe sie sich meine Hand schnappte und meinen Puls befühlte.

»Wo bin ich? Wie bin ich hierhergekommen?«, fragte ich die Frau, während sie an meinem Bett stand.

»Sie können sich nicht erinnern?«, fragte sie mit einer leichten Furche auf der Stirn.

Nicht besorgniserregend. Aber dennoch irritierte sie mich ein wenig.

Ich schüttelte den Kopf.

»Nun, in Ihrem Haus gab es einen Brand. Man hat Sie wohl in allerletzter Sekunde herausgeholt. Das hätte böse ausgehen können, wenn Sie verstehen, was ich meine. Wenn dieser junge Mann nicht so geistesgegenwärtig Ihre Tür aufgebrochen hätte, dann lägen Sie heute ganz sicher nicht hier bei mir im Krankenhaus. Mein Name ist übrigens Schwester Rose. Ich bin für Sie da, wenn Sie etwas benötigen. Hier haben Sie die Klingel. Zögern Sie nicht, die Taste zu betätigen, wenn Sie etwas brauchen. Egal was. Okay?«

»O-okay«, stammelte ich, während ich die weiteren Informationen, die mir eben zuteilwurden, zu fassen versuchte.

»In meinem Cottage hat es gebrannt? O Gott! Wie kam es dazu? Und wer hat mich gerettet? Wem verdanke ich mein Leben?«

Schwester Rose hob abwehrend ihre Hände in die Höhe.

»Das sind ganz schön viele Fragen auf einmal. Und dazu noch in dieser Geschwindigkeit. Aber ich werde versuchen, sie so gut wie möglich zu beantworten. Ja, es hat gebrannt. Soweit ich weiß, wurde ein Molotow-Cocktail durch eines der Fenster im Erdgeschoss geworfen. Das habe ich aus den Medien erfahren. Wie gefestigt diese Angabe ist, kann ich deshalb nicht sagen. Aber so viel sei gesagt: Das beschauliche St. Ives stand heute Morgen kopf. Das können Sie mir glauben. Wer dafür verantwortlich ist, konnte noch nicht ermittelt werden. Dafür habe ich ein Bild von dem Mann, der Sie aus Ihrem Haus getragen hat. Warten Sie einen Moment! Ich hole mein Handy aus dem Spind.«

Das konnte ich mir gut vorstellen, dass St. Ives voller Entsetzen auf die Begebenheiten des heutigen Tages geblickt hatte. Schließlich kam es dort nicht allzu oft zu solch einer Tragödie. Oder sollte ich es nicht eher eine üble Tat mit Vorsatz nennen? Wer warf mir einen Molotow-Cocktail ins Haus und versuchte mich auf diese Weise zu töten? Das war unvorstellbar. Außer vielleicht …

»So, da haben wir's ja. Das ist der junge Mann. Übrigens sieht er ausgesprochen gut aus, wie ich finde. Den würde ich definitiv nicht von der Bettkante schubsen, wenn ich das mal so sagen darf. Ich liebe Männer mit breiten Schultern und diesem gewissen Etwas im Blick. Er wirkt so entschlossen und stark. Ein echter Held. Kennen Sie ihn?«

Während Schwester Rose ohne Punkt und Komma auf mich einredete, nahm ich ihr das Handy aus der Hand und starrte auf das Bild, auf dem Jago mich in seinen Armen aus dem Cottage trug. Der Schriftzug des *The Mermaid* war im Hintergrund zu erkennen. Es handelte sich definitiv um mein Haus. Und um Jago.

Aber wie war das möglich? Jago saß doch wegen der Sache mit dem Banküberfall im Gefängnis. Er konnte unmöglich heute Morgen im Cottage gewesen sein, um mich zu retten. Wie erklärte sich also dieses Bild?

Mein Kopf schwirrte. Händeringend versuchte ich dafür eine Lösung zu finden, während ich mich fragte, ob ich mir das hier alles am Ende nur einbildete. Womöglich hatte ich wieder einen dieser intensiven Träume, bei denen ich glaubte, sie würden tatsächlich passieren.

Wie um mich selbst aufzuwecken, zwickte ich mich in den Arm.

»Aua!«

»Was machen Sie denn da?«, fragte Schwester Rose besorgt und griff nach ihrem Handy.

Vermutlich hatte sie Angst, ich könnte die Website geschlossen und damit Jago für immer aus ihrem Leben verbannt haben.

»Ich träume gar nicht. Das alles ist wirklich passiert«, stellte ich beunruhigt fest und fasste mir dabei an den Kopf.

»Aber natürlich ist das alles wirklich passiert. Was glauben Sie denn? Dass ich Sie anlüge?«

Schwester Rose schien eingeschnappt zu sein.

»Nein, um Gottes willen. Natürlich habe ich keinen Moment daran gezweifelt, dass Sie mir die Wahrheit sagen. Ich habe vielmehr geglaubt zu träumen. Schließlich müsste sich Jago, der Mann hier auf dem Foto, hinter Gittern befinden. Er wird verdächtigt, die Bank in St. Ives ausgeraubt zu haben«, beeilte ich mich, ihr zu erklären.

»Der Mann soll eine Bank ausgeraubt haben?«, fragte Schwester Rose und deutete dabei auf das Bild auf ihrem Display.

Ich nickte.

»Ausgeschlossen. Dem traue ich keinen Überfall zu. Der sieht gar nicht danach aus. Und ich habe wirklich eine gute Menschenkenntnis. Wenn einer der Chefärzte hier im Krankenhaus eine Affäre hat, weiß ich das als Erste. Auch war mir gleich klar, dass Chrissie sich im letzten Jahr an unseren Vorräten vergriffen hat. Dabei hat jeder bis zuletzt geglaubt, Mary wäre es gewesen. Jeder bis auf mich.«

Schwester Rose war so von sich und ihrem Urteilsvermögen überzeugt, dass sie keine Widerworte dulden würde. Also verkniff ich mir einen Kommentar. Unser Verhältnis war ohnehin bereits angespannt genug wegen der Sache mit der unterstellten Lüge. Ich wollte nur ungern, dass die Frau, die sich um mich kümmerte, das Gefühl bekam, ich würde ihren Einsatz nicht schätzen. Schließlich hoffte ich, schnellstmöglich von hier wegzukommen, um Antworten auf all meine Fragen zu erhalten.

»Wie lange muss ich hier denn noch bleiben?«

Schwester Rose sah auf ihre Armbanduhr, als stünde dort die Antwort auf meine Frage geschrieben.

»Dr. Schneyder sollte jeden Moment mit der täglichen Visite beginnen. Er wird entscheiden, ob Sie die Nacht über zur Beobachtung besser bei uns bleiben sollten oder nicht«, erklärte sie ganz sachlich, während ich zunehmend ungeduldiger wurde.

Bis auf meine leichten Kopfschmerzen hatte ich nicht den Eindruck, dass es mir so schlecht ging, dass ich weiter im Krankenhaus zu bleiben brauchte. So schnell, wie es nur möglich war, wollte ich nach Hause und herausfinden, was dort vorgefallen war.

Da ich keine Tasche sah und auch mein Handy nirgends entdecken konnte, ging ich davon aus, dass man mich so, wie ich war, ins Krankenhaus gebracht hatte. Der Schlafanzug, den ich am Körper trug, war ein weiterer Beweis dafür. Auch wenn ich dieses winzige Detail am liebsten ausgeblendet hätte. Schließlich war es der weiße Plüschanzug mit lauter kleinen Bären drauf. Wie peinlich!

»Danke.«

Schwester Rose warf mir ein aufmunterndes Lächeln zu.

»Kopf hoch! Der Brand konnte frühzeitig gelöscht werden. Jetzt müssen Sie nur zusehen, wie Sie den ganzen Qualm aus dem Haus bekommen. Ansonsten ist nichts weiter passiert. Die Polizei ermittelt auch schon auf Hochtouren. So steht es zumindest im Beitrag des *Ives Times & Echo*. Die waren diesmal echt schnell. Ach, und von einer älteren Frau war die Rede, die offenbar ebenfalls Ermittlungen aufnehmen wird.«

»Oh, das ist ganz sicher Liz. Dann bin ich beruhigt.«

Erleichterung flutete meine Blutbahnen. Wenn Liz sich der Sache annahm, dann war durchaus noch mit einem guten Ausgang der Sache zu rechnen. Auch wenn ich im Moment nicht wusste, wie der aussehen konnte.

Das Café würde ich aufgrund des Rauchs sicher einige Tage nicht öffnen können. Zunächst würde ich zusehen müssen, dass der Gestank verschwand. Bis dahin musste das *The Mermaid* geschlossen bleiben. Ein Umstand, der bei meiner aktuellen finanziellen Situation nicht besonders gut war. Um es milde auszudrücken. Wenn ich pessimistisch veranlagt wäre, würde ich von dem drohenden Ende meines Cafés ausgehen. Aber so weit würde es nicht kommen.

»Liz? Ich komme leider nicht aus St. Ives. Ich arbeite nur hier«, erklärte Schwester Rose.

Das erklärte, warum sie Liz noch nicht kannte. Denn ohne übertreiben zu wollen, war ich doch der Ansicht, dass jeder in St. Ives sie kannte. Und wenn ich sagte jeder, dann meinte ich auch jeder.

Liz war eine Instanz, an der man einfach nicht vorbeikam. Und das war auch gut so.

»Liz ist eine der nettesten und tatkräftigsten älteren Damen, die ich kenne. Sie hat schon so manchen Kriminalfall in St. Ives gelöst, an dem sich unsere Polizei die Zähne ausgebissen hat.«

Schwester Rose machte ein anerkennendes Gesicht.

»Na, dann wird sich hoffentlich bald alles aufklären«, sagte sie und warf dabei einen letzten prüfenden Blick auf die Maschine zu meiner Rechten, ehe sie sich von mir verabschiedete, um sich um die anderen Patienten des Krankenhauses zu kümmern.

»Ja, das hoffe ich auch.«

Als die Tür ins Schloss fiel, legte ich mich zurück aufs Kissen und starrte zur Zimmerdecke. Was war das nur für ein Tag! Noch gestern Abend war meine Welt mehr oder minder in Ordnung gewesen, und nun stand ich womöglich vor den Scherben meiner Existenz.

Daran darfst du nicht nur einen einzigen Gedanken verschwenden, ermahnte mich meine innere Stimme, wofür ich ihr sehr dankbar war.

Bislang kannte ich das Ausmaß des Schadens nicht. Sobald ich zurück in meinem Café war, würde ich mir selbst ein Bild der Lage machen und dann eine Einschätzung abgeben. Bis dahin war alles nur Mutmaßung. Was es nicht leichter machte.

Die Tür ging abermals auf. Das war sicher Dr. Schneyder, der auf seiner Visite nach mir sah. Doch zu meiner Verwunderung stand dort eine andere Person.

»Du?«, fragte ich ungläubig, als ich Matthews Gesicht erblickte.

Nie hätte ich erwartet, dass ausgerechnet er zu mir ins Krankenhaus kommen und sich nach meinem Befinden erkundigen würde.

»Sarah. Gott sei Dank, es geht dir gut. Ich habe mir solche Sorgen um dich gemacht.«

Während er das sagte, stürmte er zu meinem Bett und kam mir dabei bedrohlich näher. Schnell richtete ich mich wieder auf und versuchte so ein wenig auf Distanz zu ihm zu gehen. Was mir allerdings nur bedingt gelang. Schließlich war ich durch die Maschine ans Bett gefesselt. Und in meinem Rücken befand sich nur die Wand.

»Ja, es geht mir den Umständen entsprechend gut«, versicherte ich perplex und behielt Matthew dabei genauestens im Blick.

»Gut. Das ist wirklich gut. Ich dachte schon … Aber dann ist ja alles noch mal glimpflich ausgegangen.«

Die Erleichterung, die sich bei seinen Worten auf seinem Gesicht widerspiegelte, war bezeichnend.

Glimpflich ausgegangen?

Hatte er das soeben ernsthaft behauptet? Und warum wirkte er so erleichtert darüber? Weil ich nicht schlimmer zu Schaden gekommen war?

Die Art und Weise, wie Matthew seine Worte gewählt hatte, ließ mich aufhorchen. Begegnete man so einem Opfer eines Verbrechens? Und was war bitte schön *glimpflich ausgegangen*? Wenn es um meine Existenz ging, war das wohl …

Moment mal!

In Sekundenschnelle setzten sich einzelne Puzzlestücke in meinem Kopf zu einem fertigen Bild zusammen. Ein Bild, das ich sofort hätte sehen müssen. Es passte. Jedes Stück war an seinem Platz.

»Wie meinst du das, alles wäre noch mal *glimpflich ausgegangen*?«, hakte ich nach, da ich meinen Verdacht erhärten wollte.

Ein Verdacht, der so schrecklich war, dass ich am liebsten sofort nach Schwester Rose geklingelt hätte.

Aber erst musste ich es aus seinem eigenen Mund hören. Ich brauchte Gewissheit.

»Na ja, im Endeffekt hätte die ganze Bude abfackeln können. Das war eine heikle Angelegenheit. Zum Glück ist nichts Schlimmeres passiert. Ich meine, mit so einem Molotow-Cocktail ist nicht zu spaßen. Die Dinger sind brandgefährlich. Und gar nicht mal so einfach zu bauen.«

»Wie bitte?«

Hatte ich soeben richtig gehört? Hatte Matthew zugegeben, zu wissen, wie ein solcher Moltow-Cocktail hergestellt wurde? Das war in dieser Situation schon fast mit einem Schuldeingeständnis gleichzusetzen.

»Ich meine, es ist …« An seinem verdatterten Gesichtsausdruck konnte ich ablesen, dass er bemerkt hatte, dass er sich verplappert hatte. »Mensch, Sarah, du hast mir keine andere Wahl gelassen. Verstehst du denn nicht, dass ich das Cottage anzünden musste? Flynn Roberts' Geduld ist am Ende. Wenn ich dich nicht aus dem Café herauslocke, dann wird er es tun. Und seine Methoden sind weitaus drastischer.«

»Was könnte drastischer sein, als nachts ein Haus anzuzünden? Matthew, ich hätte da drin sterben können! Wie konntest du nur?«

Fassungslos blickte ich ihn an, während ich versuchte, mehr Raum zwischen uns zu bringen. Ein Ding der

Unmöglichkeit in meiner Situation. Mein Herz schlug mir währenddessen so vehement gegen meinen Brustkorb, dass ich Sorge hatte, es könnte mir jeden Moment zwischen den Rippenbögen hindurchspringen.

»Schschsch! Was schreist du denn so hysterisch herum? Schließlich ist dir nichts weiter passiert. Oder?«

Mit vor Wut funkelnden Augen starrte Matthew mich an. Mit der rechten Hand versuchte ich die Fernbedienung zu ertasten, mit der ich nach Schwester Rose klingeln konnte. Doch noch ehe ich einen Notruf absetzen konnte, bekam Matthew die Schaltung zu fassen und nahm sie an sich.

»Was hast du vor? Willst du mich etwa verpfeifen? Den Bullen übergeben? Wir waren so lange ein Paar, Sarah. Das kannst du nicht machen. Das bist du mir schuldig.«

Mittlerweile fragte ich mich echt, was in Matthew gefahren war. Ich erkannte ihn überhaupt nicht wieder. Wann hatte er sich nur so verändert? Und lag das tatsächlich nur daran, dass er am liebsten umgehend das Weite gesucht und sich in die Südsee abgesetzt hätte? Veränderte ein solcher Wunsch die Menschen auf diese Weise? War das wirklich möglich?

Ungläubig sah ich den Mann an, den ich noch vor wenigen Wochen zu lieben glaubte. Wenn überhaupt, dann war dieses Gefühl nicht mehr als eine verblassende Erinnerung, die wie eine Seifenblase dem Himmel entgegenschwebte und jeden Moment zu platzen drohte.

»W-was hast d-du jetzt vor?«

Bedrohlich langsam näherte sich Matthew mir. Wie eine Wildkatze, die sich behutsam an ihre Beute heranschleicht. Nur mit dem Unterschied, dass die Beute – in dem Fall ich – längst wusste, was gleich passieren würde. Was es jedoch nicht weniger beängstigend machte.

Als Matthew seine Hände hob, warnte ich ihn: »Solltest du mich auch nur mit einem Finger berühren, werde ich so laut schreien, dass hier gleich das ganze Zimmer voller Krankenschwestern und Ärzten steht.«

Ich gab mich tapfer und siegessicher. Aber tief in mir drin hatte ich mich schon lange nicht mehr so hilflos gefühlt.

Meine Gedanken überschlugen sich, während Matthew mir ein diabolisches Grinsen zuwarf. Meine Worte schienen ihn nicht im Mindesten aus der Fassung zu bringen. Ganz im Gegenteil.

»In Carbis Bay gab es einen größeren Unfall mit mehreren Verletzten. Massenkarambolage. Ich bin mir ziemlich sicher, dass wir die nächsten Minuten ganz für uns allein haben. Und dann beenden wir diese leidige

Angelegenheit endlich. Ich hoffe, du hast Verständnis dafür. Aber ich kann nicht länger warten.«

»Hilfe!«, rief ich, als Matthew seine Hände in Richtung meines Halses bewegte.

Nur wenige Millimeter fehlten noch, dann würde er dort weitermachen, wo er vor wenigen Tagen in meinem Café unterbrochen wurde.

»Es geht ganz schnell«, behauptete er, noch immer mit diesem wahnsinnigen Blick.

Was war nur aus dem Mann geworden, den ich einst geliebt hatte?

»Was machen Sie da? Lassen Sie sie sofort los!«, hörte ich eine Männerstimme rufen.

Matthew hatte in der Zwischenzeit seine Hände um meinen Hals gelegt und zugedrückt. Er versperrte mir die Sicht. Und mir wurde ganz schwindelig. Ich wehrte mich gegen seinen Übergriff, versuchte ihn von mir zu stoßen, hatte ihm allerdings nur wenig bis gar nichts entgegenzusetzen.

Während mir allmählich die Sinne schwanden, riss jemand Matthew von mir weg. Plötzlich wieder frei atmen zu können, fühlte sich an, wie neugeboren zu werden. Hektisch atmete ich viel zu schnell ein und aus. Das Adrenalin, das meinen Körper geflutet hatte, ebbte langsam ab.

»Jago?«, krächzte ich ungläubig, als ich meine Fassung wiedererlangte.

»Egal, was du sagst, Sarah. Ich werde dieses Schwein jetzt der Polizei ausliefern. Er gehört seiner gerechten Strafe zugeführt. Ich habe ihn außerdem in Verdacht, den Brandanschlag auf dein Cottage verübt zu haben.«

»Hey, das ist zur Hälfte noch immer mein Haus. Verstanden, du aufgeplusterter Gockel? Und wenn Sarah nicht begreifen will, dass mir das Geld zusteht, dann muss ich eben zu härteren Maßnahmen greifen.«

»Was ist denn hier los?«

Schwester Rose stand auf einmal im Zimmer und blickte entgeistert von mir zu Jago und Matthew.

»Könnten Sie bitte die Polizei rufen? Dieser Kerl hier ist für den Brand am heutigen Morgen an der Promenade verantwortlich«, erklärte Jago ganz sachlich und blieb dabei die Ruhe selbst.

Woher er seine Beherrschung nahm, war mir ein Rätsel. Wenn ich nicht so entkräftet gewesen wäre, hätte ich Matthew sämtliche Flüche und Verwünschungen entgegengeworfen, die mir in den Sinn kamen. Ich war so außer mir.

Schwester Rose nickte.

»Selbstverständlich«, sagte sie und fuhr sich dabei durch ihr kurzes, blondgelocktes Haar.

Offenbar hatte sie Jago von dem Bild auf ihrem Handy erkannt, der in natura augenscheinlich noch eine viel größere Wirkung auf sie hatte.

Schon im nächsten Augenblick war sie wieder verschwunden. Jago hatte Matthews Hände auf dem Rücken mit einem Kabel verbunden, das lose von dem Gerät gehangen hatte, an dem ich nach wie vor angeschlossen war.

»Lasst mich sofort los! Ich werde alles leugnen. Und dann steht ihr ziemlich dumm da, wenn ich das mal so sagen darf. Keiner wird euch glauben. Wieso auch? Ich bin ein unbescholtener Bürger und habe mir noch nie etwas zuschulden kommen lassen«, wetterte Matthew, während er versuchte, seine provisorischen Handschellen loszuwerden.

»Es gibt einen Zeugen, der dich gesehen hat«, erwiderte Jago nüchtern.

Dabei sah er mir heute das erste Mal in die Augen.

Das Gefühl, als sich unsere Blicke trafen, erinnerte mich an den Abend, als er das erste Mal in mein Café gekommen war. Wärme breitete sich in meinem Inneren aus, und das zaghafte Flügelschlagen von Schmetterlingen setzte in meinem Bauch ein.

Es fühlte sich an, als hätte jemand einen Schalter umgelegt. Meine Umgebung war in rosarotes Licht getaucht, leise Musik war zu hören, während Jago und ich nur Augen füreinander hatten.

Matthew jammerte, schimpfte, flehte und zeterte. Aber das alles prallte an uns ab. Jago und ich waren in unserer ganz eigenen Welt.

»Die Polizei kommt jeden Augenblick.«

Schwester Rose' Stimme unterbrach den Blickkontakt zwischen uns. Der Zauber war vergangen, während ich in Matthews wütende Fratze blickte.

»Vielen Dank, Schwester«, sagte Jago artig und hielt Matthew, der sich abermals loszumachen versuchte, noch eine Spur fester.

»Keine Ursache«, erwiderte diese und errötete dabei ein wenig.

Zwar war die Krankenschwester sicher schon Ende fünfzig, aber für die Liebe war man schließlich nie zu alt. Zu ängstlich, zu besorgt, zu nüchtern, zu pessimistisch, ja, das vielleicht, aber nie zu alt.

Keine zehn Minuten später standen zwei Polizisten im Raum und führten Matthew – nun in echten Handschellen – ab. Der zeterte und schimpfte zwar noch immer, aber das kümmerte sie herzlich wenig. Schwester Rose schloss sich den dreien an und ließ Jago und mich allein.

Als Matthew endlich weg war, atmete ich erleichtert auf. Die Hoffnung schwang mit, dass ich ihn so bald nicht wiedersehen musste. Nun, da sich endlich die Polizei um die Angelegenheit kümmerte.

Wenn ich es recht betrachtete, dann hatte ich ohnehin viel zu lange gezögert, die Polizei einzuschalten. Spätestens, als Matthew mir gegenüber im Café handgreiflich geworden war, hätte ich das zur Anzeige bringen müssen. Darüber war ich mir nun im Klaren. Allerdings hatte ich zu dem Zeitpunkt noch die Hoffnung, Matthew könnte sich wieder fangen, und wir würden einen Weg finden, der für uns beide gut war. Rückblickend betrachtet war ich viel zu naiv gewesen. Aber wer konnte schon ahnen, dass einem der Ex-Freund das Haus anzünden könnte, während man schlief? Das hätte ich nicht mal meinem schlimmsten Feind zugetraut. Aber im Nachhinein war man ja bekanntlich immer klüger.

»Alles okay bei dir?«, fragte Jago nach einer Weile, in der wir beide unseren Gedanken nachgehangen hatten.

»Ich denke schon«, erwiderte ich verunsichert.

Aber wie sollte ich mich souverän und tough geben, während ich an diesem einen Tag fast in meinem Bett verbrannt und anschließend im Krankenhaus beinahe von meinem Ex-Freund erwürgt worden wäre?

»Das war ein harter Tag für dich«, stellte Jago vollkommen richtig fest.

»Das kann man wohl so sagen«, stimmte ich ihm zu.

Jago nickte und blickte dann zur Tür, als wäre er sich unschlüssig, ob er weiter bleiben oder doch besser gehen sollte. Mit beiden Händen fuhr er sich unsicher durchs Haar.

»Ich sollte besser gehen. Du musst dich nach allem erst mal ausruhen und erholen«, stellte Jago fest.

»Bevor du gehst, möchte ich mich noch bei dir bedanken. Laut Schwester Rose gäbe es mich vielleicht nicht mehr, wenn du heute Morgen nicht so beherzt bei mir eingebrochen wärst, um mich zu retten.«

»Ich musste die Tür zu deiner Wohnung gewaltsam öffnen. Anders ging es leider nicht«, entschuldigte er sich.

»Und dafür bin ich dir sehr dankbar«, beeilte ich mich zu sagen, als ich kapierte, dass meine Wortwahl nicht die beste gewesen war.

»Ich sollte dann mal …«, hob Jago abermals an.

»Bleib noch ein wenig«, flehte ich ihn richtiggehend an. »Erzähl mir, was passiert ist. Wurdest du aus dem Gefängnis entlassen?«

Jago seufzte.

Offenbar war er nicht davon ausgegangen, dass wir diese Aussprache nun führen würden. Aber warum länger aufschieben? Es war an der Zeit, endlich klar Schiff zu machen. Ich musste mein Leben neu ordnen, und da wollte ich nicht mit unnötigem altem Ballast herumlaufen. Die Fronten mussten geklärt werden.

»George. Er hat gestanden, den Überfall auf die Bank verübt zu haben«, erklärte Jago zähneknirschend.

»Was? Wieso George? Ist er denn auch wirklich der Täter?«

George Fisher war so ziemlich der netteste ältere Herr, den ich kannte. Die Vorstellung, er könnte, nur wenige Häuser von mir entfernt, in die Bank eingedrungen sein und hätte die arme Laura bedroht, war mehr, als ich an diesem Tag vertragen konnte. Vielleicht hätte ich doch ein wenig warten sollen, bevor ich mich den Fakten stellte.

»Wenn du meinst, er hätte den Kopf für mich hingehalten, muss ich dich enttäuschen. Ich habe die Skimaske in einer Vitrine in seinem Wohnzimmer gefunden und sie an mich genommen. Das war der einzige Beitrag, den ich zu dieser Sache geleistet habe. Und jetzt sollte ich besser gehen.«

»Warte«, rief ich ihm noch nach.

Aber Jago war bereits wutschnaubend zur Tür hinaus.

Was hatte ich bloß getan? Wie hatte ich meinen Retter nur dermaßen vor den Kopf stoßen können?

Kapitel 25

Jago

Als ich aus dem Bus stieg, der mich vom Krankenhaus zurück an die Promenade von St. Ives gebracht hatte, wünschte ich mich am liebsten zurück ins Gefängnis.

Wenn ich Georges Platz einnehmen würde, könnte dieser zurück zu seiner Frau, und Sarah bekäme ihr Bild von mir bestätigt. Alle wären glücklich, und ich hätte meine Ruhe.

»Warst du bei Sarah?«, fragte Liz, der offenbar nichts entging.

Keine Ahnung, ob sie sich in der Nähe des Cafés positioniert hatte, um mir aufzulauern, aber zuzutrauen wäre es ihr allemal.

»Ja. Der Täter ist gefasst. Du kannst nach Hause ins Warme gehen«, erwiderte ich eine Spur zu schroff.

Aber der Tag hatte bisher nicht allzu viele Sympathiepunkte bei mir sammeln können. Ich stank nach Rauch, wurde noch immer für einen Bankräuber gehalten und war irgendwie mit dafür verantwortlich, dass George nun hinter Schloss und Riegeln saß. Was mich anbelangte, konnte dieser Tag also definitiv weg.

»Der Täter ist gefasst?«, fragte Liz und beeilte sich, mit mir Schritt zu halten.

Ich tat ihr nicht den Gefallen, langsamer zu laufen. Schließlich hatte ich keinen Redebedarf. Für mich war alles hinreichend geklärt. Vielleicht sollte ich doch ernsthaft mit dem Gedanken spielen, meine Sachen zu packen und von hier zu verschwinden. Noch schlimmer konnte es wohl kaum kommen.

»Ja. Es war Matthew. Und damit wäre jetzt alles geklärt.«

Wenn ich hoffte, Liz würde mich nun in Ruhe lassen, dann hatte ich offenbar keine Ahnung davon, wie hartnäckig die Frau sein konnte.

»Matthew? Bist du dir ganz sicher?«, fragte sie und triggerte mich mit ihrer Frage.

Ich hielt in der Bewegung inne, wandte mich Liz zu und sah ihr fest in die Augen.

»Ja, ich bin mir ganz sicher, weil er soeben versucht hat, Sarah im Krankenbett zu erwürgen, nachdem er ihr die Tat gestanden hat. Und nein, ich war es definitiv nicht, auch wenn dir das sichtlich lieber wäre.«

Liz sah mich aus weit aufgerissenen Augen an.

»Ich habe keine Ahnung, welche Laus dir über die Leber gelaufen ist, mein Junge, aber ich schätze, wir sollten jetzt erst mal in Ruhe frühstücken und ein paar Dinge besprechen.«

»Ich habe schon gefrühstückt«, erwiderte ich wie ein trotziger kleiner Junge.

»Umso besser, dann trinken wir nur einen schönen warmen Tee und reden.«

Liz ließ sich einfach nicht beirren.

»Kommst du?«, fragte sie, als ich noch immer an Ort und Stelle verharrte und mich fragte, was ich nur getan hatte, dass Gott mich derart strafte.

»Wir gehen zu Ailla ins *Heavensplace*«, bestimmte sie und wartete darauf, dass ich mich endlich in Gang setzte.

Mein Widerwille war riesig. Gleichzeitig wusste ich aber auch, dass Liz nicht eher Ruhe geben würde, bis sie bekommen hatte, was sie wollte. Also fügte ich mich seufzend in mein Schicksal und sah mich wenig später in einem ziemlich nett aussehenden Tea Room sitzen.

Für mich war das zwar alles zu pastellfarbig, was da so an den Wänden hing und auf den Tischen stand, aber ich konnte gut verstehen, dass es Menschen gab, die das mochten. Und für eine Teelänge würde ich es schon aushalten.

Mehr machte mir derweil zu schaffen, dass Liz neben mir am Tisch saß. Auf diese Weise würde es noch länger dauern, bis ich meine Sachen packen und von hier verschwinden konnte.

»Vorneweg«, erklärte Liz, nachdem sie sich einen Wintertee – Schwarztee mit Orange, Nelken und Zimt – und ich mir einen grünen Tee bestellt hatte.

Ich hob eine Augenbraue.

»Ich habe dich nie in Verdacht gehabt, Sarahs Cottage angezündet zu haben. Ich habe schließlich Augen im Kopf. Auch wenn du mir meine Auffassungsgabe offensichtlich absprichst, mein Junge.« Sie zwinkerte mir dabei vielsagend zu.

»Was willst du mir damit sagen?«, hakte ich nach.

Liz seufzte und rollte mit den Augen.

»Ich will damit sagen, dass ich bemerkt habe, wie sehr du in sie verschossen bist. Reicht das oder soll ich noch weiter ins Detail gehen?«

Während ich etwas erwidern wollte, wurde uns der Tee gebracht.

»Hast du etwas von Sarah gehört? Sie geht nicht an ihr Handy«, erkundigte sich die Besitzerin des *Heavensplace* beunruhigt.

»Sie ist im Krankenhaus. Jago war bei ihr. Es geht ihr gut.«

Prüfend sah mich die Frau an.

»Sie haben sie doch auch aus dem Haus gerettet. Richtig?«, fragte sie nun mich.

»Ich habe getan, was jeder in einer solchen Situation getan hätte.«

Ailla schüttelte den Kopf.

»Stellen Sie Ihr Licht mal nicht so unter den Scheffel. Sie sind ein Held. Und Sarah wird Ihnen ewig dankbar dafür sein. Das können Sie mir glauben.«

Mit diesen Worten verließ sie unseren Tisch wieder, weil am Nachbartisch gezahlt werden wollte.

»Hörst du, mein Junge? Du bist ein Held«, wiederholte Liz ihre Worte.

»Pf! Ich bin kein Held. Ich habe nur mit meinem gesunden Menschenverstand gehandelt. Das ist alles. Okay?«

Ich nahm einen ersten Schluck aus meiner Tasse und verbrannte mich postwendend daran. Na prima.

»Du gehst viel zu stark mit dir ins Gericht, mein Junge. Du bist weder der Junge von einst, den man ausgelacht und verhöhnt hat, noch bist du der erfolgreiche Erwachsene, der studiert hat, um es allen zu zeigen.«

»So, wer bin ich denn dann in deinen Augen?«, fragte ich pampig.

Mir ging dieses ganze Gerede mächtig gegen den Strich.

»Du bist Jago«, stellte Liz mit einem zufriedenen Lächeln fest.

»Welch Erkenntnis?«, erwiderte ich schnippisch.

»Ja, wenn du nicht selbst draufkommst, mein Junge, dann muss ich dich halt mit der Nase drauf stoßen.«

Achselzuckend saß sie neben mir, ehe sie den ersten Schluck aus ihrer Tasse nahm und dabei keine Miene verzog.

»Gut. Da wir das geklärt hätten, kann ich ja wieder gehen.«

Es fiel mir noch immer nicht leicht, mich auf Liz' leichtes Geplänkel einzulassen. Dafür hatte ich am heutigen Tag einfach schon zu viel erlebt.

»Aber, aber, wer wird denn gleich so aus der Haut fahren? Bevor du erwarten kannst, dass andere den Jago sehen, der in dir steckt, musst du es selbst tun, mein Lieber. Anstatt wie ein begossener Pudel herumzulaufen, wäre es allmählich an der Zeit, selbst an dich zu glauben. Findest du nicht?«

»Ich soll bitte was?«, fragte ich ungläubig.

Bislang war mir gar nicht bewusst gewesen, dass Liz offenbar auch einen Abschluss in Psychologie hatte.

»An dich glauben. So simpel, wie es klingt. Es macht viel aus, was wir tief in uns über uns selbst denken. Das transportiert sich nach außen, musst du wissen. Meine Yoga-Lehrerin hat dazu ein paar richtig tolle Stunden auf die Beine gestellt. Die Frau weiß, was sie tut.«

»Du machst Yoga?«, fragte ich entgeistert.

Es war mir schlichtweg unmöglich, mir Liz dabei vorzustellen, wie sie den Sonnengruß ausführte.

»Richtig toll. Musst du unbedingt mal probieren. Wenn du magst, frage ich Rachel, ob sie noch einen Platz für dich frei hat. Immer montags um achtzehn Uhr. Du wirst es nicht bereuen. Das verspreche ich dir.«

»Ich muss … arbeiten«, erwiderte ich entgeistert.

»Da lässt sich sicher was machen.«

Abermals zwinkerte sie mir vielsagend zu, ehe sie einen großen Schluck aus ihrer Tasse nahm.

»Wenn ich du wäre, dann würde ich zusehen, dass ich der Frau, die ich liebe, endlich reinen Wein einschenke. Und wenn ich nicht du wäre, würde ich es auch machen. Ich kann dich nicht mehr ertragen, wie du mit all deinem Herzschmerz hier durch die Gassen von St. Ives spazierst. Das hält ja keiner auf Dauer aus.«

»Entschuldige, dass dich mein Gefühlsleben belästigt«, entgegnete ich sarkastisch.

»Nicht der Rede wert. Aber tu etwas dagegen! Am besten gleich.«

Liz schien unbeeindruckt von meinen Worten.

»Ailla, die Rechnung«, rief sie und hob dabei ihre Hand in die Höhe, um auf sich aufmerksam zu machen.

Kapitel 26

Sarah

»Um auf Nummer sicher zu gehen, würde ich Sie für die kommende Nacht gerne noch hier im Krankenhaus behalten. Eine reine Vorsichtsmaßnahme, wenn Sie so wollen.«

Dr. Schneyder war wirklich ein netter Arzt. Ganz anders, als ich ihn mir vorgestellt hatte. Dennoch war ich nicht besonders glücklich über seine Einschätzung.

Seit Matthew abgeführt worden war und Jago das Weite gesucht hatte, blieb mir viel zu viel Zeit zum Nachdenken. Meine Gedanken kreisten abwechselnd um Jago und mein Café. Während ich bei Ersterem genau wusste, wie groß das Maß der Verwüstung war, das ich angerichtet hatte, tappte ich, was den Zustand meines Cafés betraf, noch vollkommen im Dunkeln.

Am liebsten hätte ich eine meiner Freundinnen angerufen und sie gebeten, im *The Mermaid* nachzuschauen und mir Bericht zu erstatten. Allerdings hatte ich mein Handy nicht bei mir, und die einzige Telefonnummer, die ich noch im Gedächtnis hatte, war die meiner besten Freundin aus Kindheitstagen. Das würde mich also nicht sonderlich weiterbringen.

Natürlich hätte ich Ailla im *Heavensplace* und Emma in ihrer Buchhandlung *Bookport* anrufen können. Und

Rose würde ich über das Blumengeschäft *Flowertime* ihrer Granny erreichen. Aber es erschien mir nicht richtig, so einen Wirbel zu machen. Schließlich würde ich das *Edward Hain Memorial Hospital* morgen wieder verlassen dürfen. Und dann war immer noch genügend Zeit für eine Bestandsaufnahme.

»In Ordnung. Dann bleibe ich.«

Dr. Schneyder warf mir ein zufriedenes Lächeln zu. Offenbar hatte er nichts anderes von mir erwartet.

Kaum dass er mit seiner Entourage das Zimmer wieder verlassen hatte, war mir langweilig, und ich fühlte mich schrecklich dabei, dumm herumzuliegen, während so viel Arbeit auf mich wartete.

Seufzend ließ ich mich zurück in die Federn fallen, während mein Kopfkino ganz von allein ansprang. Wieder wechselte es zwischen Jago und dem *The Mermaid* hin und her.

Wie hatte ich nur andeuten können, es müsste sich bei Georges Verhaftung um einen Fehler handeln? Es war schrecklich von mir, ihn in dem Glauben zu lassen, ich würde ihn nach wie vor einer Straftat beschuldigen.

Wenn ich ehrlich war, dann war dieser Punkt der schlimmste in meiner aktuellen Situation. Ich hatte den Mann, in den ich mich verliebt hatte, zutiefst verletzt. Es war nicht davon auszugehen, dass er mir noch mal verzeihen würde. Zumindest nicht in absehbarer Zeit. Wie hatte ich nur so unsensibel sein können?

Als ich gerade die Hände über meinem Kopf zusammenschlagen und in Selbstmitleid zerfließen wollte, klopfte es an der Tür.

Nanu? Wer konnte das denn sein? Die Visite war durch und von Besuchen ging ich nicht aus. Die meisten Menschen mussten zu dieser Zeit arbeiten. Mich eingeschlossen.

Es klopfte erneut.

»Herein«, rief ich schließlich und setzte mich dabei wieder aufrecht hin.

Vermutlich sah ich schrecklich aus.

Seit ich ins Krankenhaus eingeliefert worden war, hatte ich nicht ein einziges Mal in einen Spiegel geschaut. Wozu auch?

»Ich dachte, ich bringe dir eine Kleinigkeit zu essen vorbei. Den Kantinenfraß kann ja keiner essen.«

Wie selbstverständlich kam Jago ins Zimmer, legte mir eine Tüte auf den Schoß und schob den Tisch vom Fenster an mein Bett. Darauf stellte er zwei Pumpkin Spice Latte und Kuchen. Carrot Cake. Ich liebte ihn. Also den Kuchen. Nicht Jago. Zumindest nicht so sehr wie Karottenkuchen. Bisher.

»Was?«, kam es mir ziemlich einfallslos über die Lippen.

Aber ich war so geplättet von der Situation, dass ich nicht so recht wusste, wie ich auf Jagos Erscheinen reagieren sollte.

»Hühnchen-Avocado-Mango oder Schinken-Ei-Käse?«, stellte er mir eine Gegenfrage.

»Hm?«, fragte ich verdutzt.

So langsam verstand ich gar nichts mehr.

»Welches Sandwich möchtest du?«

Jago zog die beiden Schachteln aus der Tüte und hielt sie mir unter die Nase.

»H-Hühnchen«, stammelte ich unbeholfen und griff danach, während ich mir auf all das, was soeben passierte, einen Reim zu machen versuchte.

Ohne Erfolg!

»Geht es dir besser?«

Jago reichte mir die Verpackung.

Ich nickte.

»Es geht mir schon viel besser. Aber der Arzt will mich trotzdem über Nacht hierbehalten. Reine Vorsichtsmaßnahme, sagte er«, ergänzte ich schnell, als mir die Sorgenfalte auf Jagos Stirn ins Auge fiel.

»Das klingt doch gut.«

Ein verführerisches Lächeln zauberte sich auf seine Lippen, während ich damit beschäftigt war, mein Sandwich aus der Verpackung zu schälen.

»Wieso bist du wiedergekommen?«, hakte ich nach, als mich die Neugier jeden Augenblick zu ersticken drohte.

»Liz hat mir eine Moralpredigt gehalten.«

»Liz?«, staunte ich, weil ich nicht glauben konnte, was er mir soeben geantwortet hatte.

Was hatte Liz denn damit zu tun?

»Sie hat mir vor Augen geführt, dass ich ein riesiger Idiot gewesen bin.«

»Du?«

Nun verstand ich nur noch Bahnhof.

Wieso war er denn der Idiot? Schließlich war ich doch gleich mehrfach ins Fettnäpfchen getreten. Und das immer bei Jago.

»Sie hat mir die Augen für ein paar Dinge geöffnet und mir gezeigt, dass ich auf dem Holzweg bin. Also habe ich den nächsten Bus zum Krankenhaus genommen. Und hier bin ich.«

Ich verstand noch immer nicht.

»Aber ich war es doch, die sich um Kopf und Kragen geredet hat. Es tut mir so leid, dass ich ernsthaft geäußert habe, George könnte die Tat nur auf sich genommen haben, um dich zu entlasten. Das war totaler Bullshit. Ich weiß gar nicht, warum ich auch nur daran gedacht habe. Vermutlich hat der viele Rauch mir die Sinne vernebelt. Und den klaren Verstand. Den ganz besonders.«

Jago lachte.

Er strahlte dabei übers ganze Gesicht, während seine Augen vor Freude funkelten.

Erst jetzt fiel mir auf, dass ich Jago noch nie so herzlich lachen gesehen hatte. Zwar hatte er mich schon des Öfteren angegrinst oder mir ein schelmisches Lächeln geschenkt. Aber noch nie hatte er in meiner Gegenwart so herzlich und ganz offen gelacht.

Das zeigte mir eine ganz neue Seite von ihm. Eine Seite, die ich sehr an ihm mochte.

»Ich verzeihe dir und hoffe, dass wir zwei nun noch mal ganz von vorne beginnen können. Weißt du, jeder von uns trägt so viele Altlasten mit sich herum, dass es an ein Wunder grenzt, wie wir alle aufrecht herumlaufen können. Liz hat ziemlich klare Worte dafür gefunden, dass ich nicht der Jago sein sollte, den andere in mir sehen, sondern der, der ich wirklich bin. Und seitdem – ich weiß gar nicht, wie ich es sagen soll – geht es mir … besser. Ich verstelle mich nicht, bin, wie ich bin, und freue mich darauf, jetzt hier bei dir zu sein. Das ist im Moment alles, was für mich zählt.«

Bei seinen Worten griff Jago nach meinen Händen. Ich beeilte mich, das Sandwich auf der Bettdecke abzulegen. Nichts sollte uns mehr voneinander trennen. Weder Hühnchen noch Schinken.

»Wirklich? Ich meine, ich bin auch sehr gerne in deiner Nähe. Seit ich dich das erste Mal gesehen habe, glaube ich an Liebe auf den ersten Blick. Und das ist schon irgendwie … verrückt. Das ist so ziemlich das krasseste Klischee, das es überhaupt gibt. Wenn unsere Geschichte zwischen zwei Buchdeckeln stehen würde, wüsste ich, dass ich mich bei Emma darüber beschweren würde, wie unrealistisch die Handlung doch wäre.«

Nun lachten wir beide.

»Also, was hältst du von einem Neuanfang? So ganz ohne den Ballast von früher und mit festem, nach vorne gerichtetem Blick in die Zukunft und so. Wie klingt das für dich?«

Da brauchte ich gar nicht erst lange nachzudenken.

»Fabelhaft.«

Und noch ehe ich wusste, wie mir geschah, beugte sich Jago zu mir herüber und küsste mich auf die Lippen. Mein Herz setzte für einen Schlag aus, während meinen Körper Millimeter für Millimeter ein Kribbeln erfasste. Schon wenige Augenblicke später stand ich lichterloh in Flammen, während ich seinen Kuss endlich erwiderte. Zu sehr hatte mich das alles überrumpelt, ja, regelrecht überfordert.

Denn nie im Leben hatte ich damit gerechnet, dass Jago und ich uns noch einmal so nahekommen würden. Nie!

Als Jagos Lippen sich von meinen lösten, wollte ich zunächst protestieren. Viel zu gut hatte sich seine Nähe angefühlt. Und Hoffnung auf mehr gemacht.

Jago reichte mir den Pumpkin Spice Latte, um mit mir anzustoßen. Das fand ich ziemlich süß. Um nicht zu sagen: perfekt!

»Worauf stoßen wir an?«, fragte ich grinsend, während ich mein Glück noch gar nicht zu fassen wusste.

Passierte das gerade wirklich oder bildete ich mir am Ende doch nur alles ein? Vielleicht hatte sich Dr. Schneyder ja geirrt, als er meinte, ich wäre in Ordnung. Oder aber er hatte mir nicht sagen wollen, wie schlimm es wirklich um mich stand, und hatte mich nicht nur vorsichtshalber hierbehalten.

Mit den Worten »Ich liebe es übrigens, wenn du das machst« riss Jago mich aus meinen Gedanken.

»Was meinst du?«, fragte ich ertappt.

»Wenn du nachdenkst, dann beißt du dir immer in die Unterlippe. Das sieht ziemlich sexy aus.«

»Ach, tatsächlich?«, erwiderte ich ein wenig verwundert.

Solche Kleinigkeiten waren Matthew nie an mir aufgefallen. Oder sie waren ihm aufgefallen, aber er hielt es nicht für notwendig, sie mit mir zu teilen. So oder so war es gut, dass die beiden Männer so grundverschieden waren. Auf diese Weise lief ich nicht Gefahr, mich zu oft an Matthew zu erinnern.

Und wenn ich dem Gefühl tief in mir drinnen länger nachspürte, dann wusste ich auch, dass das mit Jago und mir ganz anders war. Inniger. Verbundener. Womöglich sogar leidenschaftlicher.

»Du tust es schon wieder.«

Lachend küsste er bereits im nächsten Moment die Stelle an meiner Lippe, in die ich soeben mit meinen Zähnen gebissen hatte.

Was mit einer zaghaften Berührung begann, entwickelte sich schon in wenigen Sekunden zu solch einem leidenschaftlichen Kuss, dass Jago und ich ganz außer Atem gerieten. Unsere Zungen führten einen wilden Reigen auf, während meine Hände auf Jagos Körper auf Wanderschaft gingen.

Es war kaum zu glauben, wie vertraut sich seine Haut unter meinen Fingern anfühlte. Ganz so, als würden wir uns schon eine Ewigkeit kennen.

So musste es sein, wenn man seelenverwandt war, schoss es mir durch den Kopf.

»O bitte, nehmt euch doch ein Zimmer, ihr beiden. Das hier ist ein anständiges Krankenhaus.«

Mit diesen Worten kam Schwester Rose in mein Zimmer. Ihr Klopfen hatte ich nicht gehört. Was nicht weiter verwunderlich war. Schließlich schlug mein Herz so laut, dass ich kein anderes Geräusch mehr wahrnahm.

Jago fuhr sich verlegen durchs Haar, während er sich von mir löste.

Meine Wangen fühlten sich an, als hätte mir jemand von außen jeweils eine Wärmflasche auf beide Seiten gelegt.

Schwester Rose sah von Jago zu mir und wieder zu ihm. Dann begann sie schallend zu lachen.

»Wie zwei Teenager. Wirklich süß! Wisst ihr was? Ich hänge ein Schild mit ›Bitte nicht stören‹ an die Tür. Dann könnt ihr hier drinnen machen, was ihr wollt. Dafür möchte ich aber ein Stück von dem Carrot Cake abhaben.«

Noch ehe ich etwas erwidern konnte, überreichte ihr Jago bereits einen der beiden Kuchen.

Schwester Rose ging lächelnd aus dem Zimmer.

»Heißt das etwa, du bleibst über Nacht?«, fragte ich grinsend.

»Und noch viel länger, wenn du willst.«

Epilog

Sarah

Vier Monate später

»Was hast du denn da, mein Schatz?«

Bei dem Gegenstand in Jagos Händen wurde mir ganz anders zumute. Erinnerungen an eine Zeit wurden wach, in der ich ihn für einen Bankräuber gehalten hatte. Das war nun Monate her. Und bis vor wenigen Sekunden glaubte ich auch, diese Erinnerungen gehörten meiner Vergangenheit an.

»Das, mein Schatz, ist die Waffe, mit der George den Banküberfall verübt hat.«

»Nein! Das ist doch … Aber warte mal … Warum ist der Revolver denn jetzt in deinem Büro? Ich habe ein Déjà-vu, Jago. Allerdings keins von der Sorte, die ich besonders gerne mag.«

Noch ehe ich wusste, wie mir geschah, zog Jago mich grinsend auf seinen Schoß. Die Waffe hatte er dabei auf den Schreibtisch vor sich abgelegt. Als seine Lippen die meinen trafen, wollte ich erst protestieren. Dann entschied ich mich dagegen. Die Angelegenheit konnte auch noch nach dem Kuss geklärt werden.

Nach einer halben Ewigkeit ließen Jago und ich endlich wieder die Finger voneinander. Es war so schwer, täglich mit ihm unter einem Dach zu arbeiten – wenn auch in getrennten Räumen und in ganz unterschiedlichen Bereichen – und nicht ständig zu ihm zu gehen, um in seiner Nähe zu sein.

Das war in den vergangenen Monaten meine größte Herausforderung gewesen. Neben der Sache mit Flynn Roberts und Matthew verstand sich. Die beiden Männer hatten mir noch einige Zeit nach dem Brandanschlag auf das *The Mermaid* zugesetzt. Matthew aus dem Gefängnis heraus. Und Flynn Roberts mit seinen ständigen Anrufen und Angebotserhöhungen. Erst als ich ihm damit gedroht hatte, ihn wegen Belästigung anzuzeigen, hatte er Ruhe gegeben und sich getrollt. Wenn ich richtig informiert war, dann wollte er nun lieber außerhalb von St. Ives ein Café eröffnen. Die Promenade sei ohnehin tot, behauptete er. Ich fragte mich nur, warum er dann so vehement versucht hatte, an mein Cottage heranzukommen.

Matthew war inzwischen verurteilt worden. Seine Post wurde gelesen, bevor sie das Gefängnis verließ. Nachdem ich dort Bescheid gegeben hatte, nach wie vor von meinem Ex-Freund belästigt zu werden, hatten sie dem einen Riegel vorgeschoben. Seither war Ruhe. Ich konnte nur hoffen, dass diese von Dauer sein würde.

»Na, was ist denn hier los?«

Liz stand plötzlich auf der Schwelle zu Jagos Büro. Wir hatten sie nicht kommen hören. Viel zu sehr waren wir beide mal wieder mit uns beschäftigt gewesen.

»Ist das das, was ich glaube?«, kombinierte sie blitzschnell und deutete dabei auf den Revolver vor Jago auf dem Schreibtisch, während ich von seinem Schoß zu klettern versuchte.

Gar nicht mal so einfach mit wackligen Knien.

Diese Wirkung hatten Jagos Küsse nämlich noch immer auf mich. Und ich konnte nicht behaupten, dass ich das besonders bedauerte. Ganz im Gegenteil.

»Ja, deine Vermutung ist richtig«, bestätigte ihr Jago mit einem Lächeln auf den Lippen.

Erst vor Kurzem hatte er mir erzählt, wie sehr er sich in der Vergangenheit mit dem Bild, das andere von ihm hatten, verrückt gemacht hatte. Liz' Frage hätte ihn noch vor wenigen Wochen regelrecht aus der Bahn geworfen, weil er überzeugt gewesen wäre, dass sie nur das Schlechteste von ihm glaubte. Was sie nie tat.

Jago hatte in den vergangenen Monaten gelernt, auf sich selbst zu hören und dem Gerede seiner Mitmenschen keine Beachtung zu schenken. Ohnehin gab es kaum merkwürdige Reaktionen, als die Menschen von St. Ives erfuhren, dass wir ein Paar waren. Die meisten hatten bereits damit gerechnet. Wieder anderen war es total egal. Und die, die sich daran störten, störten sich an allem. Da bildeten wir also keine Ausnahme.

Wir würden die Menschheit nicht verändern können. Das stand für Jago und mich fest. Aber wir konnten uns verändern und freier leben, indem wir uns nicht weiter Gedanken darüber machten, was andere von uns dachten. Kein einfacher Schritt. Vor allem für Jago, der in seiner Kindheit und Jugend ständig alle Aufmerksamkeit auf sich gezogen hatte. Aber er machte sich wirklich gut. Das sah man ihm auch an. Er strahlte mit der Sonne über dem Hafen um die Wette und hatte durch seinen Charme und seine positive Art bereits viele Kunden für sein Büro gewinnen können.

Nach dem Brand hatte Jago das Café mit einer Brandschutzanlage ausgestattet. In einem Zeitungsartikel war darüber im Zusammenhang mit dem Brand berichtet worden, sodass sogar dieser schreckliche Vorfall letztlich noch zu etwas gut war. Denn inzwischen waren schon einige Leute ins *The Mermaid* gekommen, um sich nach der neuen Belüftungs- und Rauchabzugsanlage zu erkundigen.

»Was macht denn dieser alte Revolver hier bei dir?«, fragte nun auch Liz und näherte sich uns mit wenigen Schritten.

Offenbar wollte sie sich den Gegenstand aus der Nähe ansehen.

»Die Polizei hat ihn mir übergeben.«

Liz machte bei Jagos Worten große Augen, woraufhin er zu lachen begann.

»Liz, du machst ein Gesicht, als wittertest du bereits das nächste Verbrechen. Aber ich kann dich beruhigen. Das hier ist nur der Spielzeugrevolver, den George bei seinem Bankraub benutzt hat.«

»Spielzeugrevolver?«, fragte sie ungläubig und griff nach der Waffe.

Jago hinderte sie nicht daran.

Mir ging derweil durch den Kopf, wie es gewesen war, als George für seinen Banküberfall fast hätte einsitzen müssen. Die Polizisten hatten jedoch Gnade vor Recht ergehen lassen, weil er sich bereit erklärt hatte, die zehntausend Pfund umgehend zurückzubezahlen und sich bei Laura zu entschuldigen. Außerdem würde er nach seiner Weltreise mit seiner Frau als Hausmeister im Jugendzentrum arbeiten, um einen Dienst an der Gemeinschaft zu tun. Er freute sich bereits auf seine Zeit dort. Und auch Petunia hatte angeboten, den Kindern ein wenig unter die Arme zu greifen. Als ehemalige Grundschullehrerin konnte sie wohl einfach nicht aus ihrer Haut.

Aber erst mal waren Petunia und er zu ihren langersehnten Flitterwochen aufgebrochen. Die beiden waren so verliebt ineinander wie am ersten Tag. Und das nach fünfzig gemeinsamen Ehejahren. Petunia hatte ihrem Mann verziehen, und nun schickten sie von allen Orten, die sie bereisten, Postkarten. Erst gestern war eine aus Aruba angekommen.

Jago, der seiner ehemaligen Grundschullehrerin und ihrem Mann das Geld für die Reise geschenkt hatte, hatte eine große Weltkarte an die Wand gepinnt und die Karten an den jeweiligen Orten angebracht, von denen sie stammten. Bis die Fishers in knapp sechs Wochen zurück sein würden, war noch mit der ein oder anderen Karte zu rechnen.

Aber egal, wie sehr mich die fernen Orte an mein früheres Leben erinnerten, ich spürte nach wie vor nicht das Verlangen, St. Ives, meine Freundinnen und das Café hinter mir zu lassen. Ich war angekommen. Eines der schönsten Gefühle der Welt. Auch wenn ich es kaum erwarten konnte, mehr Zeit mit Jago zu verbringen. Schon in wenigen Wochen stand unser erster gemeinsamer Urlaub an.

Jago hatte sich seinen Job als Haussitter dermaßen zu Herzen genommen, dass er nur selten bei mir übernachtete. An eine gemeinsame Reise war während der Abwesenheit der Fishers also nicht mal zu denken. Aber bald. Bald würden wir all das nachholen. Spätestens dann würden wir uns auch Gedanken darüber machen, ob Jago erst mal eine Wohnung anmieten oder gleich bei mir einziehen würde. Wir gingen die Sache langsam an. Was ich vor allem Jago zu verdanken hatte. Wenn es nach mir ginge, läge er jetzt schon jede Nacht in meinem Bett neben mir. Aber Vorfreude war ja bekanntlich die schönste Freude. Nicht?

»Tatsächlich! Die sieht aber täuschend echt aus. Wenn George mich damit bedroht hätte, wäre ich auch davon ausgegangen, dass es eine echte Schusswaffe ist. Laura ist kein Vorwurf zu machen. Zum Glück kann sie inzwischen über die Geschichte lachen.«

»Dann wäre ja alles geklärt«, meinte Jago und erhob sich feierlich von seinem Bürostuhl.

»Na, so einfach kommt ihr mir nicht davon.«

Irritiert sahen Jago und ich sie an.

»Na, jetzt schaut mal nicht so bedröppelt drein. Aber ein Kaffee wird ja hoffentlich noch drin sein. Oder?«

Grinsend blickte sie von mir zu Jago und dann wieder zu mir.

Es war ihr anzusehen, wie sehr sie sich darüber freute, uns derart aus der Fassung gebracht zu haben.

Aber bei Liz wusste man ja nie. Am Ende war sie an einem neuen Fall dran und … Das war eine andere Geschichte.

»Also ich wäre heute vielmehr für eine schöne heiße Tasse Tee zu erwärmen«, entgegnete Jago und zwinkerte mir dabei vielsagend zu.

»Mit einem Würfelzucker und etwas Milch?«, fragte ich lächelnd nach, weil ich wusste, wie sehr er sich darüber freute, wenn ich es erwähnte.

Wenn überhaupt möglich, dann sah Jago mich bei meinen Worten noch eine Spur verliebter an. Was machte dieser Mann nur mit mir?

»Wie steht es nun mit deinem weiteren Kredit bei der Bank? Ist der durch?«

Liz wechselte das Thema schneller, als mir lieb war.

Seufzend tauschten Jago und ich Blicke.

»Wir sind auf einem guten Weg«, erklärte ich und dachte dabei an Jagos Vorschlag, mir das Geld, das ich benötigte, zu leihen, um Matthew auszubezahlen und ihn damit ein für alle Mal aus meinem Leben zu verbannen.

Einerseits wollte ich mich nicht schon wieder von einem Mann abhängig machen. Schließlich war ich damit erst vor Kurzem ziemlich unsanft auf dem harten Boden der Tatsachen aufgekommen.

Andererseits war dieser andere Mann Jago. Ich liebte ihn aus tiefstem Herzen und wusste, dass der Mann mein Seelenverwandter war.

Dennoch war ich hin- und hergerissen.

»Ich biete demnächst wieder Workshops an. Diesmal nicht nur zum Thema *Motivtorte*. Ich backe mit den Kursteilnehmern all die Rezepte nach, die ich während meiner Reisen gesammelt habe.«

»Auch die Vanillekipferl?«, fragte Liz ganz begeistert.

Ich lachte.

»Auch die Vanillekipferl, ja. Soll ich dich denn auf die Liste setzen?«

Doch Liz schüttelte den Kopf.

»Schau dir diese zwei linken Hände an! Das würde nie und nimmer gut gehen. Selbst backen ist nichts für mich, aber essen. Das kann ich. Ganz ausgezeichnet sogar. Sag mir also gerne Bescheid, wann der Termin stattfindet.«

Damit ging sie hinaus ins Café und ließ Jago und mich perplex zurück.

Wir sahen uns an und konnten nicht anders, als zu lachen.

Liz war einfach unbeschreiblich.

»Kommt ihr dann? Ich brauche jetzt meinen Kaffee«, tönte sie nach einigen Sekunden aus dem Flur.

»Wir sollten sie nicht länger warten lassen«, meinte Jago schmunzelnd und nahm mich dabei in den Arm.

»Nur diesen einen Kuss noch«, flehte ich.

»Nur noch einen?«, fragte Jago ungläubig.

»Bis nach dem Tee. Dann wird neu verhandelt«, erwiderte ich grinsend.

ENDE

Danksagung

Liebe Leserinnen und Leser,

vielen lieben DANK für das Interesse an meinen Büchern. Es hat mir außerordentlich viel Spaß gemacht, die Geschichte über Sarah & Jago zu Papier zu bringen und mit den beiden nach St. Ives in Cornwall zu reisen. Zumindest gedanklich ;-) Wenn ich es ebenso geschafft habe, euch mit meiner Geschichte ein paar schöne Lesestunden zu bereiten, dann bin ich sehr glücklich darüber.
Bedanken möchte ich mich an dieser Stelle ganz herzlich bei meinen engagierten und wunderbaren Testleserinnen. DANKE für eure ehrlichen Worte, eure Begeisterung und euer Mitfiebern. Ohne euch wäre das Ganze nur halb so schön. Vielen lieben DANK, dass ihr den Weg mit mir gegangen seid! Ich freue mich bereits heute über euer Feedback zum nächsten Buch.
Liebe Doro, ein ganz besonderer Motivationsschub in diesem Buch war die Freude, die dir die Geschichte bereitet hat. DANKE hierfür.
Vielen DANK, liebe Sybille, dass du mein Manuskript mit so viel Sorgfalt korrigiert hast.
Vielen DANK an meine Leser und Leserinnen, dass ihr mit mir in die Geschichte von Sarah & Jago seid.

Eure Mila

Außerdem freue ich mich sehr auf regen Austausch mit euch:

Newsletter https://mila-summers.de/

E-Mail: **mila.summers@outlook.de**

Facebook: **Mila Summers**

Instagram: **books_by_mila_summers**

PS: Wenn euch meine Geschichte gefallen hat, würdet ihr mir unglaublich helfen, indem ihr eine Rezension auf dem Buchportal eurer Wahl schreibt. Dann bekommen vielleicht noch weitere Leser und Leserinnen die Möglichkeit, meine Geschichten kennenzulernen. Vielen DANK hierfür!

Printed in Poland
by Amazon Fulfillment
Poland Sp. z o.o., Wrocław

31084440R00161